웃어라, 용!
강정 시집

문학동네시인선 211 강정

웃어라, 용!

시인의 말

짐승과 기계 사이에서 흐른 고름 같은 것.

기억의 전깃줄을 흙더미 속에 파묻는 일 외엔 피도 살도 허깨비의 허물인 것.

조립된 말의 설계도를 다시 짜는 일 아니라면 시인은 입 다물라.

2024년 5월
강정

새들이 노래하는 창가에는 늘 형체 모를 낙인이 있다.

귀를 열면 분명하나 눈을 뜨면 지워진다.

시가 그렇다.

차례

2부 온몸을 멈춘 채로 종생 춤춘다

1부

온몸에 가시를 두르고 너를 부른다

흑조의 따가운 비말

몸안에 더 큰 암흑이 있어
스텝을 옮길 때마다 이미 쓰인 문장들이 다른 말을 한다

안으로 말린 날개가 혀를 찔러
단말마에서 삐져나온 손끝이 허공을 구부리면
하고자 하는 말들은 검은 깃털의 후렴으로만 그대 머리
칼을 덮으니

당신은 왜 내가 오래도록 서툰 사랑에
목을 길게 빼는지 알지 못하지

무대는 몸안에서 더 커진다
날개는 늘 심장의 형태를 크게 펼치는 심장의 그림자일 뿐,
날 굽어보는 건 하늘의 분노도
땅속 나무뿌리들의 곰삭은 인연의 사슬도 아니다

어느 눈먼 화가가 펼쳐놓은 사각 눈깔 속에서야 비로소
나는 춤춘다
그는 생시 전 세계의 궁륭을 눈으로 삼킨 자다

아이를 낳다 실패한 사의 아랫배에서
나는 별을 입에 물고 자지러진 대홍수 끝에 사람의 꼴로
몸안에 새를 가뒀다

몸안에 더 큰 물결이 출렁거려 나를 춤추게 한다
뒷걸음으로 음각해낸 세계의 그림자가 더 분명한 말을 비
추고
사람들은 햇빛 아래 얼굴이 지워질 정도로 전진만 한다

내 몸이 더 커지면
나는 더 작아질 것

구름 뒤축에 걸린 날개가 하늘 가득 내 사지를 펼친다
등골을 헤집고 쏟아지는 빗줄기는 검붉다

나 자신의 형벌을 스스로 매조질 것이다

장미 장군

피부인 줄 알았던 게 갑옷인 걸 어떤 나비는 눈치챘다

속살 겹겹 멍울진 부드러움이
억겁의 상처 더미라는 건 누가 알아챌까

온몸에 가시를 두르고 너를 부른다

껴안으면 네 안의 불이 켜지고
손 놓으면 살갗이 더 붉어져
해의 초점이 뿌리에 닿는다

울음소리는 때로 파랗다
수맥이 흐르는 어느 집 담벼락에 사슬을 두른 채
문틈으로 기어드는 계절의 추파를 노랗고 빨간 미소로 물
리치니

나는 생명이지만 죽으려고는 않는 거대한 시간의 방패
또 그렇게 영원히 죽은 채
시간의 마디에 독침을 쏘는 환생의 색조

유혹인 줄 알았던 게 물리침이었음을 어떤 나비는 안다

사랑은 계절을 타지 않는다

모든 계절이 지금 이 자리에서 뱅글뱅글 색색의 전파 따
라 한 송이 무덤으로 솟는다

바람이 분다
가지는 흔들려도 가시와 입부리는 언제나 매콤하게 눈먼
자의 눈을 쫀다

어둠 속에서 새가 튀어나온다
오로지 꽃이 낳은 물체만이 세계를 굽어볼 줄 안다

전쟁은 다시 여름날 이후의 과거
눈이 내린다

호랑이를 태운 나비가 사람 키만한 꽃송이를 낳고 있는
거다

출렁이는 오선(五線)

모두 곧은 길 같지만,
몸을 얹으면 온몸이 파동한다

때로는 커다란 함정처럼 몸안에 구멍을 내고
거기서 솟은 소리들이 길을 더 팽팽하게 조인다

점과 점을 잇는 사면에선 집들이 불타고
죽어가는 사람이 짐승 울음으로 다른 생을 부르니
끝내 만나지 못할 선의 끝이 순간마다 한 줄 선상

직선을 따라 움직이나
걸친 소리들은 늘 곡선으로 휘어
몸안에서 꺼낸 파도를 한 장 한 장 포갠다

줄곧 한길이라 여기는가
뿌리가 크게 휘어
선 위에 피톨이 얹히거나 열매가 맺히는 줄 오선은 모른다

사방 벽에서 굴절돼 기어이 한몸으로 흐느끼는 빛

귀를 펼친 세기 허공 보이지 않는 줄 위에 서 있다

나는 게 아니라 걷는 것이다

우는 게 아니라 바라보는 것이다

그러니까 이것은 소멸을 위한 혈관의 배치 같은 것

수평을 꿰맨 광선의 그림자가 음악으로 울릴 때
선은 땅과 하늘을 잇는 밧줄이 된다

소리를 엮은 자가 뒤돌아설 때 비로소 열리는 공중의 파도

긴긴밤 달은 노 저어 태양의 핏줄에 정박한다
거기 닿지 못한 선의 끝만 사람의 이성(理性)으로 피비린
내 풍긴다

출렁이지 않는 건 숨쉴 줄 모르고
끝내 각만 키우는 각자의 선 위에 썩어빠진 혀를 내건다

시의 힘

꽃잎을 따먹고 자란 아이는 무쇠인간이 되었다

스스로 멈춰버린 심장의 입구는 연분홍빛
푸른 이파리가 사람의 눈을 막는 커튼으로 펄럭인다

꿀벌들이 쇠를 먹고 비행기의 노선을 일그러뜨렸다

여행자들이 도시의 수맥 속에서 서로 철퇴를 휘둘러
솟아오른 물기둥이 성벽을 쌓았다

겨울 햇빛이 꽃들의 회전력으로 성층권의 얼음을 엮어 유
리 그물을 펼칠 때,

눈먼 자들의 자동차가 산소 속을 떠돌았다

올 것이라 믿었던 내일이 시계 속에서 한없이 뒤로 돌아
나비의 몸집이 거대해지고

강철을 씹는 나비의 이빨이 봄볕에 녹슬어갔다

꽃잎을 먹고 자란 시인은 무너진 콘크리트 잔해 속에서 쇠
붙이들을 녹여 다음 세대의 골격을 가설하니

상한 칼날에 맺힌 녹의 형태가 기나긴 침묵의 서언(序言) ―
이었다
천년 동안 힘을 모은 꿀벌이 시든 꽃들에게 절했다

세상의 모든 집이 아름다워졌다
삼계(三界)의 마지막 쉼터가 천국의 빗장에 독을 묻힌 거다

물에 적힌 내력(來歷)

콘크리트 복도에 흙 한 줌 소복 쌓여 있었다
손아귀에 쥐었더니 물이 흥건하고 그 위에 집 한 채 벌
컥 솟았다

안으로 들어가는 건지
바깥으로 나오는 건지 알 수 없었다

물위를 건들건들 춤추는 집안에서
늙은 걸인 둘 아귀처럼 밥을 먹고 있었다

슬프고 흉측한 몰골이었다
집이 흔들리는 파동 그대로 음악소리 번졌다

무섭고 고요한 울음이었다

누군가 커다란 비닐 가방 안에 걸인들을 욱여넣었다
눈물이 온몸을 삼켜 가방이 볼록해졌다

거꾸로 쏟아낸 가방 안에 해골 두 개와
검은 북채 두 개 있었다

땅을 두드리자 비가 내렸다

바깥으로 나온 건지
안으로 들어간 건지 알 수 없었다

선득 마주본 엘리베이터 거울 속,
웬 아이가 하얗게 웃고 있었다

자정이었다

나는 복도를 크게 휘돌아 집에 돌아왔다
커다란 두꺼비가 빗소리에 맞춰 울고 있었다

허기에 몰려 밥솥을 열었더니 흙이 가득 담겨 있었다
등뒤에 나보다 더 어린 내 할머니가 북을 치며 울고 있
었다

한성 동북 하늘 찍어누른 장군의 형태에 홀리다

창밖이 문득 뭉툭하여
노래를 창(槍)삼아 기별을 던졌다

슬퍼하면 할수록 근육만 굵어지는구나

살아 우뚝 서본 자라면 죽어 구부러질 것이고
죽어서야 우뚝 선 자라면 삶을 다시 구부릴 것이다

걸음이 산 사람의 두 배 빠르니
흘깃 본 낯선 이의 두 눈도 평생토록 가슴 아릴 칼자국으
로 입을 털게 될 것

사랑하기에 이미 죽어
죽음 뒤의 그림 속에서 천하를 꿰뚫을 것

그렇게 생각하니 삶이 끝없다
그렇게 생각하니 오늘이 이미 내가 죽은 날이다

나는 그저 지나가는 자동차와 울컥거리는 구름떼와 용쓰
며 죽어가는 꽃을 봤을 뿐이다

방금 지나쳐온 청계천 물줄기가 내 핏줄보다 얕고 혼탁하
다 여겼을 뿐,

나는 그저 산비탈에 빛나는 사람의 집들이 흐너져가는 도
깨비불투성이라 짐작하지도 않았다

　참모의 칼에 뒷목을 강탈당한 그 어떤 장군의 이름은 죽
을 때까지 다시 짓진 못할 듯싶다

우롱하는 새벽

일찍 일어나 밥을 안치고 하늘을 봤다
어두웠다

김이 솟자 먼 쪽 능선 끝이 뜨악하게 열리더니 분홍빛이
작렬했다

하늘의 모래톱에서 드러난 우주의 이빨

야금야금 썰어 삼킨 시간의 추들이
홀연히 오늘의 어떤 사람이고 집들 아닌가

금세 다른 빛으로 추켜올려진 능선 줄기에
인간의 카메라엔 못 담길 길과 말과 소리가 점멸했다

도시의 공중이 해질녘 바다를 그대로 떠올려놓은 거다

바다를 감추려고 하늘은 드넓고
사람을 죽이려고 밤은 늘 고요하게 적히지 않을 말들을
속삭인 것 아닌가

깨자마자 느낀 허기가
자기 집을 털러 잘못 찾아든 도둑처럼
빛의 꼬랑지에서 참지 못할 어떤 감정이 되어 입을 지웠다

시는 허기를 지우고 밥은 세계를 삼키니

새벽아, 내 밥은 너의 똥이고 말이었구나
쓰게 삼키마

잿더미의 맛

돌과 흙의 맛을 본 자들은 스스로 우주의 구멍이 된다
뱀의 똥과
짐승의 이빨이 몸속에서 자라고
눈에선 물과 불이 뒤섞여
사람을 죽이기도 살리기도 한다
자신의 억장이 무너지면
강물의 피리 소리가 피맛을 내고
오래 되씹다 뱉어낸 말들이
다시 고요한 돌이 되어
물가에서 잠잔다
깊은 잠 속엔 오래도록 뜨인 눈이 있고,
눈 속을 헤엄치는 사람들은
잃어버렸던 비늘들이
자신의 진짜 정신이었음을 깨닫곤
돌 위에 맨살을 문지른다
우주의 말이 탁본되는 것이기도,
말을 잃은 생명이 스스로 문자가 되는 것이기도 하다
물살이 휩쓸고 간 도시는 그렇게 진짜 하고 싶었던 말을
돌과 쇠와 나무의 원형 그대로 얹어
죽음도 삶도 온전히 믿지 말라며
하늘이 내린 철퇴를 축복이라 믿게 하고,
아이들은 유유히 뱃놀이하며 죽거나 미치러 간다
이곳에 독사와 승냥이와 전갈 들을 풀라

야수의 무늬와

늑대의 이빨과

지네의 정교한 다리들로 새 도시를 단장하라

고속으로 찍어낸 문자들도

물과 돌의 교섭보다 치밀하지 못하니

망한 나라의 국기처럼 축축하게 늘어진 인간의 옷들이

뒷일 보다 들켜버린 국가원수의 치부와도 같다

불지르러 갔다가 오줌 세례로 돌아온

아이의 꿈은 언제나 정직하다

물에 물을 보태면 불이 된다는 걸 아는 수학 교사는 어디
서 잠들었는가

이것은 그러니까,

지구가 완전히 형성되려다 만 찌그러진 별이라는 사실을
알리는 것 말고

별 뜻 없는 우주의 농간이다

돌과 흙의 맛을 본 자는 제 식탐에 스스로 잡아먹힌 신의
맹점이다

해는 차라리 수정(水晶)보다 차가운 광석 아니겠는가

우뚝 선 바다

직립한 바다를 봤니? 참 단단하더군

온몸으로 뛰어들면 머리가 깨지고
이빨로 물어뜯을 흠집도 강력하더군

사람을 삼킬 벽이고
더는 태양에게 빛을 내주지 않는
스스로 완벽한 평면이었어

누가 일으켜세웠을까

되돌아갈 수도 덤벼들 수도 없는 또렷한 수정의 반사막

물이 춤추지 않을 때
사람은 누워 있을 수밖에 없다니까

파동이 고체가 되어 스스로를 규정할 때
사람은 물렁거리는 공기의 비늘일 뿐,

바다의 키가 드높아
모든 산의 꼭대기엔 가라앉은 물만 고요하지

사람의 뇌수가 그렇게 태어난 거야

거기, 헤엄치는 잔주름들의 내분이 사람의 평생 고민거
리지

도끼를 들고 바다를 깨부숴봐
벽 뒤에서 출렁이는 형태를 내 몸 삼을 거야

처음 깨어난 태아처럼
머리에 고인 물로 다 무너진 세상의 하수를 메워보도록
하지

암록빛 털 수북한 다리로 걸어다니던 거미가 날아올라

침묵하던 돌이 기어이 입 열어
인간의 형태를 바꾼 거라지

책의 아귀

다 읽은 책들을 팔아 일용할 채소를 사 들고 오니 방이 더 커져 있다 내 몸도 체구는 그대로이나 속이 넓어져 있다

책 무더기 빠져나간 자리가 설핏 누가 오래 살다 간 동굴 같다 싶은 순간, 그 안에 곰인지 호랑이인지 모를 검은 덩어리 하나 꿈틀댄다 미처 읽어내지 못한 글자들의 뒤태인가 싶은 순간, 덩어리가 둘로 갈라져 하나는 덩치 큰 새가 되어 남의 집 숨은 곳간 들여다보는 내 눈을 쪼고, 또하나는 느릿느릿 꾸물대며 몸을 푸는 구렁이 되어 놀란 입속에 알을 슨다

이것은 태기인가 화기인가

갑자기 복통이 아리며 저것들 똬리 튼 속이 마치 내 뱃속처럼 환하고 낯설다 사다놓은 오이, 호박, 가지 등속이 순식간에 쭈글쭈글 연기 피우며 사라지고 식탁 위엔 내 머리통이 윗뚜껑 열린 채로 오색 만발 음식들을 그릇처럼 떠받들고 있다

남아 있는 책들이 우르르 몰려내려와 음식들을 먹어댄다

머리 사라진 내 몸통이 네발로 기며 새와 구렁이 숨어 있던 굴속으로 사라지니 음식 다 털어낸 머리통이 다시, 저편

내 방에서 이편 암흑 속에 시선을 꽂는다

　눈망울이 돌처럼 굴러들어오고 혀가 밧줄처럼 몸을 꿰어 굴 밖으로 끌어내니 창가에 주렴처럼 형태를 빚어 매달아놓은 구름이 문득 지구의 마지막 형해 같다

　목 잘려 뻥 뚫린 구멍에서 사람 머리 다섯 개가 솟았다

　커튼을 열고 하늘에서 내려온 곰과 호랑이가 그것들 뜯어먹어 지구는 곧 마름모가 될 터, 모든 게 몸안 물질들이 주기율표 배반하며 서로 맞질러 뿜어낸 전류 탓이었을 거다

폭풍의 필법

사람들은 자기가 한 말 탓에 미쳐가지
자기 몸이 자신에게서 멀리멀리 사라지기 때문이지
몸은 자기 안에 있는데
자기 안에서도 가장 먼 곳으로 몸이 숨어버렸기에
우주에서도 가장 먼 곳에서 흑점으로 명멸하기에
오늘도 나무뿌리는 들썩이지
여름에서 가을로
가을에서 겨울 지나 다시 봄으로
나무뿌리는 사람들이 기억하는 가장 오랜 기억
바람에 흔들리는 가지와 잎의 그림자에게 말을 새기는 사
람들
노인에서 순식간에 아이가 되어
아이에서 다시 머나먼 별이 되어
오늘 한복판에 불쑥 튀어나와 사람의 탈을 벗은 사람만 오
로지 사람으로 분명하여
흙탕물을 뒤집어쓰곤 거리의 모든 불빛과 글자들에 황칠
을 하지
그걸 읽을 수 있는 사람만이
온전히 몸을 되찾아 기어이 이전과는 다른 사람이 되지
한 번 스쳐본 풍경을
담벼락 모퉁이의 먼지 한 올까지 그림으로 보여주면
사람들은 잃어버린 자기 말을 외국어인 양 물끄러미 바
라보지

비가 내려 얼룩진 형상들이

흙탕물로 흘러 그 위에 둥둥 떠다니는 사람들

내게서 가장 멀리 사라진 나만이 오로지 그것들을 볼 수 있지

뱉어낸 말에 취해 스스로 말이 되어버린 사람들이 꼬물꼬물 선이 되어 그림 속 군락을 이뤄 세상 밖으로 흐르네

아무도 자신의 얼굴과 이름을 모르고

하늘에선 금간 벼락이 물투성이 도시의 중심을 국자처럼 휘저으니

나를 건져줘

내 이름을 다시 떠먹여줘

쪼개진 자모음을 뒤섞어 빗나간 소리의 형태를 빚는구나

나는 나의 가장 먼 몸에게 그 소식을 띄우는 전령,

물감들의 기본색 사이마다 부옇게 도드라진 색깔의 유령,

그걸 뒤집어쓴 채 떠다니는 글자들 사이 매듭을 새로 조이고 다시 엮는 게 다 한 획이로다

별들아, 용용 살아라

반짝이는 빛은 하나이나 별이 두 개 보였다
어디선가 문 닫히는 소리는 다섯 가지 색을 지녔고
보고 싶은 얼굴은 보이지 않았다

쓰려던 문장이 마지막 모음만 남긴 채 누군가의 외마디
로 울렸다

보고자 했던 것이 말소리만 늘어놓았다
받아 적으면
보고 싶지도 듣고 싶지도 않은 내 그림자의 너울이었다

반짝이는 걸 다 믿지 말자
들리는 소릴 그 반대로만 여기는 너는 네가 이미 죽어 있
음을 누구에게도 설득 못했다

또 빛이 반짝였으나
다섯 가지 중 하나를 보고 믿으라 하니
다섯 모두를 버렸다

버려진 길이 보였다

하늘을 보고 하늘을 색칠하여 하늘을 지운 것들이 다 내
사랑이었다

사랑을 하되 그 사랑을 믿지는 말자
반짝이는 사랑은 다 내 거울이고
뒷면 지운 거울이 울먹인 유리의 민낯 아닌가

거기 내 얼굴을 비춘다
도대체 뭐가 보일 거라고 하늘은 별을 쏘고 별을 삼키고
별을 기만하는가

가로등이 뚜벅뚜벅 고개 떨군다
드리운 그림자가 자기라고 여기는 걸 또 자기의 길이라
여기니

나는 네가 싫다
그래서 널 사랑한다
네가 너라는 것을 너를 속인 채 반짝이기 때문,

그림자가 버섯처럼 예쁘게 자란다
그 냄새가 좋다

너도 모르는 너의 고아한 악취 같다

이것은 장미와 튤립과 민들레와 맨드라미에게 하는 말이다

이것은 지렁이와 지네와 전갈이 할 수 있는 유일한 말이다

그것들이 나를 용암의 꿈이라 알려주는 까닭이다

하늘이 불탄다

저녁은 태양이 제 살을 태우는 게 아니라
제 몸의 불을 놓친 물방울들이 꾸는 꿈

나는 너를 사랑하면서 세상이 내게 춤추는 법을 가르쳐줘
감사하기도 징그럽기도 하다

영영 문을 두드릴 테니 용용 닫고선 깨진 눈빛만 땅의 형
상을 지렁이의 눈빛으로 빚어라

영영 살아 용용 죽겠다

조용한 저녁

입술을 화장실에 버리고 나와
해지는 하늘의 보랏빛 배꼽을 향해 길게 머리를 두었다

허공 전깃줄에선 멋대로 편성된 티브이 쇼들이
밤새도록 요란을 떨 터,

공원에서 길을 파는 상점들은 오래도록 입을 다문 채 스
스로 무너진다

아무도 낮게 가라앉아 진창으로 변한 하늘이 이 땅의 속
내라 여기지 않을 것

녹슨 식칼을 들고 순식간에 어른이 되어버린 아이들이
갈기갈기 찢어놓은 길 위에

누가 서 있다

천둥이라 불리던 어떤 파열과 등짐의 흔적이다
그는 내 전생인가 노예인가

나는 주둥이 헐벗은 개 되어
불빛이 강한 아무 집에나 들어가
가장 먼저 내 이름을 부르는 사람의 입을 찢을 것이다

거룩한 식탁

나는 그대가
부엌에서 찾을 것을 바다에서 찾는다

뭉클한 가슴이거나
환기통에서 찢어져 해의 비늘이 된 열기 같은 것

그대의 부엌은 언제나 향기롭고
사랑을 불태운 정념의 재가 첫눈처럼 황홀하지만

나는 그 자리에 앉아
그대가 놓아버린 그대 자신의 얼굴이나
내가 한참 붙들다 몇 줄 시로 분해해버린
인간의 말 따위를

아직 채 그려지지 않은 창밖 풍경의 빛 너울에 짓이겨
이 세상엔 없는 바다로 물결치게 하는 것이다

바다는 지구 어디에나 있고
바다에 있는 우리는 지구 어디에서도 찾을 수 없으니

그렇기에 우리는 한동안 사랑할 수 있었지 않니

그대는 내가 찾아낸 바다에서

스스로 물고기가 되어 내 곁을 떠나니

나의 부엌에서 먹을 거라곤
그대가 한참 뜯어먹다 개수구로 흘려보낸 마음속 녹물과
거기 버무려 알알이 총탄처럼 굳어진 사랑의 액체들뿐,

그 어떤 바다도 이보다 투명하고 청량하지 않고
그 어떤 파도도 이처럼 깊고 어둡지 않으니

나는 그대가
바다에서 찾은 걸 이미 내 죽음 뒤의 만찬장에 차려놓았다

고래와 상어와 인어 들이 창 안으로 뛰어든다

해의 뒷덜미에서 모두 한 입 거리다

머릿속 꽃 덤불

비가 별들의 신음인 양 쏟아져
누워 있는 집 천장이 은하의 진창 같다

진흙을 잘게 썰어 먹은 다음 누굴 부르는 소릴 뱉는다
죽은 줄 알았던 한 사람의 피와 똥과 땀이 마음속 구릉에
서 새 땅을 빚는 거다

목소리가 공기 중에 커다란 동굴을 파고
새와 바람이 별을 껍질째 물고 와 흉곽에 새겼다

아름다운 소릴 내면서 죽고 싶었다
죽으면서 토해내는 게 사람의 몸 아니라 빛의 완전한 정
지 상태이면 어떨까

머리가 아파,
뇌 속에서 죽은 짐승의 슬개골이 바삭바삭 소리를 낸다
귓속에서 춤추는 모든 걸 내 목소리 삼고 싶었다

아 아 아 소리를 냈다
보이지 않는 벽이 더 선명한 우주의 판막처럼 겹쳐
몸이 더 갈 수 없는 곳까지 부풀었다

소리가 끝나자 죽어 있는 내가 보였다

머리가 터져
붉고 파랗고 노란 꽃들이 로드킬 당한 늑대의 내장처럼
터져나왔다

누가 그걸 카메라로 찍는다
꽃들이 함성을 지르며 카메라를 삼킨다

백 년 후 내가 살게 될 집에서 웃고 있을 화분 하나,
당신께 미리 바친다

꽃의 정념은 정념대로
진흙의 고뇌는 고뇌대로

한 다발이 한 얼굴이다

용의 탄생

뭔가 속삭이려고 하니 입에서 빨간 꽃이 튀어나왔다 누구에게 무슨 말을 하려 한 것일까, 나는 더이상 나와 같은 종(種)의 말을 하지 않으려 했다 머리를 꼬리로 바꾸고, 네발로 기어다니거나 배를 땅에 문지르며 땅속의 소릴 들으려 했다 꽃이 나를 먹기를 바랐을 뿐, 누구에게 바치지도, 그 꽃으로 마음속 색깔들을 가리거나 위장할 생각도 없었다 그래서 다음과 같은 노래를 불러 입이 지워지게끔 했다

통통 튀는 바위 틈,
새는 날개를 씹어먹고 곰처럼 뛰는구나

왜 돌의 맛은 달콤하고
흙의 입술은 뱀의 등피를 닮았지?

홍수가 난 물가에선 호랑이가 무늬를 지워 백색의 천사처럼 웃네

왜 사람은 두 다리로 선 채
자기가 누구인지 모를까

왜 자기 머리가 풀숲 속 진드기처럼 자신의 피를 빨아먹는 줄 모를까

횡횡 도는 바람의 나팔은 쇠를 먹고 자란 아이
그 아이가 이미 다 자라
일곱 빛깔 꼬리로 춤추며 사람의 머리통을 낚는다

누가 죽었대
누굴 죽였대
왜 죽음이 피아노 건반 사이 가느다란 틈새 같은 것인 줄
모를까

둥둥둥 울리면
피아노도 사람도 아닌,
피아노의 뼈대가 지구보다 단단한 우주의 심줄인데,

시간이 거기서 천년 만년 돌아 오늘이 바로 우주의 제삿
날이고,
어제가 바로 우주의 탄생일이었는데,

흙의 입술을 훔친 곰이 백색 호랑이와 물속에서 뒹구는군
기다란 물줄기가
기다란 그대로 뱀이 되어 날아올라

그걸 봤어?
아니, 보이기 전에 이미 우리 몸에 둘러쳐진 지하의 혁대

― 같은 것인 줄 몰랐어?

　노래가 다 끝난 다음, 집안의 가구를 다 부수어 만든 관 속
에 눕기로 했었다 나무가 퉁겨내거나 빨아들이는 소리만 웅
장하게 죽음의 성곽을 둘러싸도록, 살던 집이 커다란 돌이
되어 지하 오만 미터에서 파견 나온 바다의 종들이 만물의
울음소릴 다 담은 둥그런 종(鐘)을 만들도록, 나는 내 몸이
피와 살 아닌 식물의 수액과 동물의 어금니로 만들어졌다는
사실을 어느 종유굴 속에서 고백했다

　　종이여, 울려라
　　돌이여, 노래하라
　　운석이여, 불타라
　　바다여, 느긋하게 광분하라

　후렴구가 끝나자, 눈이 내렸다. 피칠갑 되어 아가리 찢긴
신의 입술인 듯, 시커먼 겨울 하늘 한가운데가 찌익 갈라졌
다 분명 내가 날고 있었고, 입엔 바닷물 깊숙한 곳에 헹궈 구
슬이 된 지구를 물고 있었다 모든 이에게 나눠줄 폭탄이니,
잘 껴안으면 빛이 만발할 것이고, 그 안에 자기가 묻혀 있음
을 눈치 못 채는 자는 음속(音速)으로 분해되어 한낱 더러운
소문으로 귀가 베일 것이니, 물러서 잘 보아라
　　　　　　　　　　　눈뜬 채 드러누워 네 경추 아래 꼬

044

리 자라는 소릴 잘 들어라
파도가 친다
불의 분노가 물의 낭심에 닿은 것
이다
살던 집이 불탄다
물의 환희가 무너진 억장을 다시
일으켜세우는 것이다

내 입이 보이는가 아니면 소리가 들리는가
바다가 보이는가 아니면 태양이 울부짖는가

땅끝엔 처음 태어나던 때의 구멍만 있을 뿐, 이 사랑은 천
년이 훌쩍 넘어 금빛 초롱 소릴 모든 생물의 뿌리 끝까지
밝힌다

2부

온몸을 멈춘 채로 종생 춤춘다

기도의 정체
—A. 타르콥스키 송시 1

만약 기도가 존재한다면
하늘을 잇새에 물고 울거나
땅의 비늘을 제 몸 삼아 고요한 풍경으로 남는 일

앵무새의 혀가 되어
사람의 말을
생물의 질서 안에 안개처럼 분해시키는 일

또박또박 말을 따라 하던 아이가
순식간에 어른이 되어
오래 잃어버린 아이의 말을
기억의 서랍 속에서 다시 꺼내 풍선처럼 띄워올리는 일

어느 병든 노인이 문득,
자신의 젊을 적 사진을 보며
거울 앞인 양 흉내내면서
시간의 틈새를 메우는 일

불타 없어진 오래전 집이
어느 하루 비구름과 안개의 부름에 홀려
귀 멀고 손도 잘린 화가의 그림 속처럼
지구의 새로운 전망으로 나지막이 다시 세워지는 일

아프게 실연당한 누군가
가닿을 수 없는 먼 지평에서 잃어버린 자신의 마음을 되
찾아
사랑의 배덕자에게
또다른 미소로 악마의 그림자를 지워내는 일

화면 속의 비가
창밖의 비가 되고
내 안의 비가 되어
온 세상의 리듬인 양 낮게 요동친다

고요하나,
하늘과 땅이 커다란 나무 한가운데서 만난 새가 되어 합
창한다

살아 있다는 게 이미 죽음의 환영(歡迎)이자 환영(幻影)
임을 이렇게도 알게 되니,

오늘은 또 내가 다른 지구에 있게 되는구나
멀리 바라보던 어느 낯익은 별이 오래전부터 나의 집이
었구나

불타는 배우
─A. 타르콥스키 송시 2

스스로 손목을 긋거나 자신의 몸을 불지른 자가
지금 내 앞에 있다

그는 하나이면서 여럿이고
명백한 자신이면서 아무도 모르는 무수한 사람이다

촛불을 들고 하늘을 걸어다니는 자
거울 속으로 들어가 머나먼 혹성에 새로운 제국을 건설
하는 자

세상 모든 계단을 층층이 지우고는 땅속의 입김으로 사람
의 말을 나팔 속에 가두는 자

그가 길고 오래 걷는다

촛불의 눈이 느릿느릿 흔들려
몸속의 어둠이 비로소 침묵 그 자체로 웅성거린다

광활한 광장이 그대로 세계를 본떠낸 극장이다
그가 말하고 움직일수록
그는 그 자신 속으로 더 깊이 들어가 결국, 단 하나의 풍
경이 된다

촛불이 종소리를 퍼뜨린다
붉은 하늘과 회색빛 땅

그의 몸이 그를 보는 모든 눈을 덮는다

세계가 하나의 눈 속에 만상을 숨긴 채
만물의 허파를 다시 부풀린다

촛불은 여전히 불타면서 운다
이토록 찬란하고 고요한 울음이라니

그는 자신 몫의 생애를 극장 한가운데 못박아 스스로 촛
불이 된다

그 불에 내 몸을 지져 그가 되랴
그 불이 나를 일깨워 내가 혹성으로 우주에 뿌려지랴

나는 본다, 그를
그가 오래전부터 나였음을 나 자신에게 오래도록 숨기면
서,

깃털의 가장 작은 모발인 양,
천형의 나팔수인 양,

뿌우뿌우
허공의 이빨에 불의 칫솔질을 가한다

열흘간의 유령

사진 속 얼굴을 연필로 그리고 있자니,
지금 어딘가 살아 있을 낯선 사람이
나보다 먼저 살다 간 내 할머니 같다

얼굴 한 번 본 적 없는 젊은 여인이
오래전에 나를 보았다고 한다
내 이름이 낯설어지고
건물들의 등고선이 세 배나 내려앉는다

잘 다니던 길에 노란 무덤들이 봉긋하다
거기 걸터앉아 술이나 한잔 마실까 하는데
태양이 뚜벅뚜벅 네 다리로 걸어와
무릎을 조아린다

길 잃은 개의 눈을 바라보듯
흑점을 가만 보자니,
수백 년 전 누가 그린 그림 속 천사의 날개가 불타고 있다

술잔에 옮긴 불덩이가 빛의 사다리를 따라
다시 하늘로 오른다
사흘 동안의 기억이 재가 되어 흩날리다가
무덤가 동그란 돌멩이 되어 오늘 내 방에 구르고

—   또다른 사흘 동안 주고받은 말들이
거울 속에서 피를 흘린다

그림을 다 그리고 났더니 그림 속 얼굴이 하얗게 웃는다
또 사흘 동안 가위에 눌려
낮밤이 서로 다른 각도로 집의 골격을 비트는 동안,
웃음 짓던 할머니가 나보다 어린 여인이 되어 내 침대에
서 자고 있다

하루가 더 지났다
열흘간 한숨도 못 잤지만 정신이 빙점에 달했다

추웠고 무서웠다
웃기고 서글펐다

그림 속 얼굴을 본다

형체는 사라지고 둥그런 윤곽만 또렷하게 다른 얼굴을 그
려넣어달라 한다

나는 다만 점 하나를 찍었디
가라앉았던 등고선이 흰 비행운을 그리며 모든 풍경을 태
양 속에 욱여넣는다

내가 정말 그녀를 사랑했던 것 같아

어느 거릴 가든 그 누구도 내 모습 보지 못할 것이다

구름의 문양과 말의 기둥

발가락이 가리키는 방향으로 몸이 나아간다면
그림자는 자꾸 뒤돌아선다

빛이 환하기에 그림자가 어두운 것이니
눈을 감고 보면 그림자가 뿜는 말이 더 하얗고 또렷하지
않을 것인가

입술에서 새는 공기가 오늘의 기후고
내일의 암운에 무늬를 새기는 거라면,

혀의 농간보다 발뒤꿈치 각질이 더 말의 뿌리에 가까울 것

걸음은 늘 구름보다 느리고
구름의 형태는 그림자보다 더 느리게 당신에게 전할 말을
미리 공중에 새긴다

어제 한 말이
오늘 당신 머리 위에 떠 내일의 날씨가 될 것이다
오늘 되삼킨 말이
어제의 비를 적셔 한여름에도 겨울옷을 뒤적거리며 당신
은 방황할 것이다

두툼두툼 살이 오른 구름이 흩어져

가느다란 비행운이 하늘의 빗면을 찢으며 빛의 기둥을 발
끝에 꽂는다

　나아가던 길이 갑자기 어제의 말을 되삼키며 회색 나무
로 일어선다

　그늘이 파랗다
　발뒤꿈치 각질에서 꽃과 구렁이가 한데 엉켜
　해선 안 될 말을 그림자로 흩뿌린다

　당신은 구름의 꼬리를 먹고
　당신 안의 불쌍한 요괴를 깨닫는다

　지나는 자동차 차창마다 구름의 뼈가 덕지덕지 묻어 있다
면 앞으로 모든 비는 핏빛일 것

　하늘의 골상을 떠내던 장마가 그렇게 끝났다

나비 창세기

빗소리 속,
촛불 하나 가로지른 밤이 비단결 같다

흰나비의 그림자가 허공에 떠 까마귀 난다
나는 별들을 뜯어낸 창공을 이불 밑에 깔고 누웠다

따각따각
태풍의 눈 한가운데
삼색 볼펜 고르는 소리가 시간의 틈을 쪼갠다

내가 색을 고르는 거냐 색이 나를 거르는 거냐
까마귀 울음이 색을 지우는 것이냐
내 노래가 까마귀 소리에 색을 입히는 것이냐

낮에 잠깐 마주친
지팡이를 짚은 노인의 걸음이
빙글빙글 허공의 나비 따라 죽은 내 얼굴을 더듬는다

죽음의 맛을 시음하여
나비가 새로 지은 집에 첫발을 떼는 동작

방금 마주친 세상이 이미 다른 세상이다
지나온 세상이 오늘 영 딴판으로 네 얼굴을 그리니,

더 큰 빗소리 들리고,
소리를 듣자마자 귀가 멀고
어둠 속 어떤 색이 주름처럼 패고,
색이 나를 느끼자 장차 모든 게 흑백

빗줄기가 꼿꼿이 장승의 이빨처럼 흙을 물어뜯는다

모든 수직이
벌겋게 지워진 노을의 사면에서 부글부글 원을 끓인다

아무도 못 본 흰나비를 봤다는 게 새빨간 축제가 되는 일
창공을 깔고 잠들었더니 너도 나도 누구인지 알 수 없다

태풍이 빙긋 꼬리를 지워 달을 휘감아 던진다

도로 잠들러 방에 들었더니
흰나비가 침대에 누워 있다

거뭇거뭇 나비의 그림자가 나비의 별채인 양,
온몸 털 곤추세운 나비가 그 안에서 자신의 뇌수를 파먹고

나는 별들을 삼킨 이불 밑에 숨어 모든 걸 본다

사랑하는 모든 걸 죽여라

이것은 나비의 말인가, 색소 다 빠진 이불 밑의 기침인가

마디 없는 말로 네 육체를 다시 빚어라

빗물이 들창 아래서 뇌까린다

 달의 구부러진 끝날이 둥그런 낫 모양으로 눈앞에 걸어오
는 걸 보았다

 빙산을 녹여 붙인 말이란 이런 거다

나비가 하얗다는 것도,
빗물이 하늘의 이빨 같아 보인 것도,
바다 멀리 떠밀려온 빙산의 착각
 까마귀가 애매한 방형(方形)에 자신을 원으로 놓았기에
지구가 통째 어둡다

 폭풍 속 구르다 밈춘 바위 속에서 나비떼가 밤을 짓이겨
천지가 온통 하얗다
 이불 밑이 뜨겁다

천지가 난분분 칼춤을 마친 자리
달의 또렷한 원환이 검붉다

사방 벽이 둥글게 부풀어 크고 흰 날개가 하늘을 덮고
나는 새롭게 우는 아이가 되었다
별들이 스스로 항로를 꼬아 지상의 요람이 되었구나

난산이었기로소니,
너는 아마 예수의 벙어리 도반이나 해의 모공을 메우는 시
인이 되겠구나, 종생 미안할 일이다

뜨거운 밧줄

문득 다리가 풀려 길에 엎드렸다
정수리에 꽂힌 태양의 밀알이 하복부까지 떠밀며 길의 중
심이 된다

나는 대지에 사타구니를 밀어넣어 다시 일어서려 한다

몸안의 수풀이 소름 돋아
모공 하나하나 질러대는 비명을
하늘은 들으나 사람은 못 듣는다

뱀에게 사지가 없는 이유를 예수도 전해주지 않았고
붓다는 스스로 팔다리를 허공에 놓아 나무가 되었다

무너진 다리가 짐짓 살아온 시간의 축이자 지워진 시간
의 그림자처럼
허공에 낯선 영상들을 휘저어댄다

몸을 일으키려 한 것인데,
다리가 하늘에 떠버린 것

병든 몸 일으켜 지구를 거꾸로 회전시키려 한 것인데,
납작하게 눌어붙은 지평선이 수직으로 일어서
만물의 거울로 세계를 뒤집어버린 것

죽어 있는 것 같으나 그래서 몸이 더 출렁출렁 공기압을 물리친다

어느 집 옥상에서 펄럭대는 흰 빨래가 맨 먼저 새로운 춤을 시연하는 낮별의 나래 같다

동공에 노란빛이 반사되어 하늘이 검어지고
절반쯤 일으킨 몸이 빛줄기 하나 붙들어 그대로 멈춘다

커다란 손 하나 허공에 떠 있다
잡으라는 뜻인지, 잘라버리라는 뜻인지 알 수 없다

잡으려면 빈 공간이고 자르려면 올가미다

다만 계속 멈춰 고요한 병신춤으로 허공에 떠 부푸는 내 그림자를 본다

온몸을 멈춘 채로 중생 춤춘다
죽음 직전의 기도라는 걸 알겠다

살아생전 몸이 지상의 절벽에 얼어붙은 빛의 조상(彫像)이었다는 것 또한 이제 알겠다

웃어라, 용!

별에 대한 이야기를 나누던 낮이었다
흐렸다가 개었다가
구름들은
해의 빙점에서 수시로 모양을 바꾸는 하늘의 비늘이었다

도처에서 땅속 바다가 꿈틀대는 소리
파도 이랑들이 낮은 걸음을 춤으로 일렁이게 하고

죽어가는 자들이 아직 살아 있다는 헛소문과
하늘의 눈빛과 땅의 호흡이 자꾸 엇박을 내는 동안
어디선가 기차가 탈선을 하고
자동차들이 자꾸 뒷걸음질쳤다

눈앞에 선명하던 건물들 줄줄이 무너지고
그 자리에 큰 바다가 토악질해낸 물거품들이 사람 꼴로
걸어다녔다

죽은 자들이 다시 내려와 이 땅을 휘저으면
평평한 벌판이 다시 구릉이 되고
그 아랜 어느 구도자를 사랑했던 여인이 큰 눈 번득이며
곧 닥칠 전쟁을 막거나
더 큰 전쟁의 총안으로 빛난다

낮달 뒤에 검붉은 그림자 어리고
큰비가 내렸다

도시 한복판까지 밀려온 바다는
땅끝을 입에 문 채 웃고 있는 용의 형상이었다

어쩌다가
어찌해도
더 붙들거나 밀어내지도 않을
사랑과 죽음이 거대한 물질이 되는 최초의 형태를 보고
만 것이다

트래시 메탈

폐쇄된 공장 담벼락 뒤에서 먹는 쇠는 뜨거웠다

사람이 먹을 게 아니었으니
사람의 살이 고팠을 것이고
기계의 몸뚱어리에서 떼어져나온 것이니
또 사람의 살과 다를 게 없었을 것

한 입 베어물다 만 쪼가리를 해에 비추니
거기 내 얼굴 비치고
그 뒤로 삼색으로 쪼개진 해의 뒤편이 퍽퍽하다

누가 흙으로 빚은 바다를 하늘에 띄웠나
또 누가 쇳덩이로 빚은 몸뚱일 땅에 꽂았나

잠자리마다 이가 시려
핏줄이 운전하는 소릴 목청에 떼어 붙이고 길게 노래 불
렀다

녹슨 전깃줄더미 위 까마귀 한 마리
뒤엉킨 전선 피복이 제 살인 줄 알고 뜯어먹다
온 도시가 컴컴해졌다

낡은 기차가 지나다녔다던 옛길에서 오늘,

거대한 철판 같은 독수리가 날개를 펴니

내 피부를 벗기면 필시 튀어나올 쇳덩이

싱싱한 죽음 달라
녹슨 해골 덧칠할 흰 피를 달라

액상 피아노

피아노 건반 위로 또르르르 액체를 굴려라
피도 좋고 물도 좋고 술도 좋다
건반 틈새에서 바람이 불어도 좋고 용암이 솟구쳐도 좋다
소리의 날개는 잿더미에서 피어오른 연기 같은 것
세상을 망각한 손길이든
세상을 다 삼킨 눈길이든
발아래 진동이 땅을 달래는 해의 어스름 몰고
척추를 타고 오를 때
쏟을 수 있는 건 이 몸을 다 담고 있는 공간보다 더 바깥
의 진공
괴롭다면 눈물 흘리고
아프다면 피 흘릴 것이고
더 아프다면 술에 취할 것이다
가장 높은 음으로 올라가면 문득 이 세상이 저세상이고
가장 낮은 음으로 떨어지면 저세상이 오늘의 무지개다
일곱 개의 색
일곱 개의 음
다 훑어 다시 한 음으로 멈추면
갑자기 열리는 머리 끝 흰 구멍
거기 꽃을 던져 폭파시키는 눈길과 손길은 귀머거리들
의 요동
흑과 백 사이를 건너뛰며
흑도 백도 잊을 뿐,

다시 한 음으로 모이면
흑이나 백이나 둥글게 굽은 하나의 물방울일 뿐,
터뜨리면 색도 형체도 없는
시간의 구멍 속에서
건반 위로 또르르르 굵게 짜낸 액체를 흘려라
피도 좋고 물도 좋고 술도 좋다
손가락이 없어도
발목이 새의 부리처럼 구부러졌어도
매일 앉아 피아노를 친다
흑도 백도 없이
누군가 앉았다가 소리 없이 죽어간 18세기 낡은 책상 같은
소리 없는 피아노를 친다
눈물이든 피톨이든 애액이든
액체가 닿으면 또 그대로 커다란 물방울이 되는 피아노
를 친다
매일 매일 매일 자라나는 어떤 묘종의 최초 형태에 입김
을 넣는다

기생수(寄生樹)

당신의 우스꽝스러운 피에로가 될 거라고 말했으나

그 말이 도로 나를 찔러
당신 얼굴이 해질녘 피바다로 물들고

내가 다시 그걸 핥아
당신의 심장까지 베어먹으니
오늘이 항상 누군가의 탄생과 죽음의 날이라는 걸
또다른 오늘이 되어서야 깨닫듯

다시 허옇게 핏기 가신 당신 얼굴이
냉각된 겨울 햇살처럼 다시 내 앞에 머물고

나는 또 당신의 영예로운 말 잔등이 되겠다고 말했으나

그 말이 또 당신의 머리칼을 뜯어먹어
빨갛게 달아오른 당신의 뇌수마저
내 뱃속 기름진 내장으로 살 올라 부표로 떠도니

나의 바깥이 당신이었다면
당신 안의 내가 결국 당신의 뜨거운 시체이었던 것

당신 사라진 자리마다

머리칼과 눈알 없이 서성거리는 내 죽음의 꼴들을 보라   —

세계의 심장을 뜯어먹어 별들의 알을 스는
녹빛 색소들의 부푸는 점액들

죽은 짐승을 삼킨 나무들이 걸어다닌다
꽃은 그들의 이빨,

잇새에 멍울진 어느 산 짐승의 눈빛

오월에 퍼붓는 눈이 그렇게 빨갛다

빈 의자

가만히 놓여 있는 의자 위에
조금 전 내가 앉아 있다 일어난 의자 위에
아무도 앉아 있지 않으나
아무도 앉아 있지 않은 그대로 명백한 의자 위에
아무도 볼 수 없는 누가
앉아 있는 의자 위에
햇빛이 사각으로 금을 긋고
잿빛 그늘이 누군가의 얼굴로 틈을 내는 의자 위에
틈 사이에 빛의 보풀이 일어
나보다도 훨씬 이전 여기 앉아 있던 사람들이
떠도는 의자 위에
침묵이 뚜벅뚜벅 말을 걸어
채 다 쏟지 못한 소리들을 더 큰 말의 그림자로 드리우는
의자 위에
다리가 여럿인 벌레 한 마리
두리번두리번 시간을 삼키다 사라지는 의자 위에
그렇게 스스로 허공을 걸어다니다
더 먼 곳 사람들을 불러오는 의자 위에
갑자기 시끄러워지는 의자 위에
불현듯 집 바깥에서 이곳을 바라보는 의자 위에
사과 한 알을 놓으면 그대로 커다란 눈이 되는 의자 위에
그것은 있다, 뭐라 말할 수 없는 그것이 있다, 그 무엇도
될 수 있는 그것이 있다

그것이 앉아 있는 빈 의자
의자는 그것이고,
의자는 여전히 의자 아닌 비애의 각도이다

구름의 북소리

구름은
한자리를 맴돌며 다른 자리에 더 큰 그늘을 내린다

둥둥 떠오른 원 안에 옷자락이 풀려 치렁치렁 낮별들이 원
색으로 수틀을 돌리고

쿵빡쿵쿵빡

찍어내린 점들이 나비가 되고 벌떼를 풀어
말 못한 눈 귀에 침을 놓는다
침묵으로 선이 되어버린 소리의 면들이 우후죽순 피리 소
리 낸다

태양의 둘레가 손안에 있다
손가락 사이로 샌
달의 밑동이 또다른 기둥으로 서

누구나 얼굴 절반이 남자고 절반은 여자
두드리면 천체가 열리고 파열 속에 멈추면 선홍빛 이슬
이 분을 칠한다

그 누구도 내가 아니고 그 누구나 당신일
공기 속 물결

이곳이 저곳이고
물오른 홍이
자비 없는 칼날 끝 누혈로 빛나니

귀가 크게 열릴수록
몸은 더 작고 동그랗게 말아 그 안에 잠긴다

기어이 파열하는 진공 속에서 알이 되었구나

생시보다 더 작렬하는 옷 껴입고
태양을 잇새에 문 붕새가 되겠구나

네 눈물은 너무 광대하여 대신 울 수 없다

네 눈을 가만 바라보는데 바다가 뽀글뽀글 빛났다
너는 다시 태어나고 있는데 바다는 내 뒤통수까지 휘어
돌아
나는 곧 바다에 잠길 것이다
눈물이 흐르면 너는 고요히 지느러미 같은 잠옷을 갈아
입고
내 깊은 혈류 속에 작살을 꽂거나
이미 미래의 죽음이 되어버린 물고기들을 꽃잎인 양 따
모을 것이다
봄은 그렇게 땅을 밀어내고
오래전 멸망했다가
바다에 죽으러 가는 사람들의 마지막 눈빛 속에서나 발
견될
사라진 대륙의 뿌리를 들출 것이다
꽃이나 나무는 그것들의 자디잔 숨결일 뿐
오늘 내가 너를 사랑한다는 건 오늘만은 부디 죽어 한 톨
모래섬이 되겠다는 것
눈을 가만 바라보는데 모래가 까칠까칠 코로 스몄다
기도 가득 떡진 혈전이 수상한 노래로 번졌다
비루 속에서 광대함을 찾으려는 네 눈이 더 반짝 빛난다
홀연히 서 있는 내 그림자를 눈꺼풀삼아 너 스스로 달이
되려고 너는 어제도 오늘도 운다
눈물이 서걱서걱 내 마음을 베는 건

너를 위해 물 담아둘 마음의 쌍봉이 아직 내 심장에서 잠
자기 때문,

눈을 가만 바라보는데 그 눈이 네 안을 향하는 건

네가 펼친 마지막 종이에 어울리는 펜이 아직 없기 때문,

바다에 쓴 말이 바다를 부정하고

사막에 새긴 바람이 바다에서 헤엄쳐 나온 인어의 꿈을 아
직 완성 못한 오늘 아니겠니

나는 눈물을 참았다

물도 모래도 서로 너무 낯익어 지구를 잠시 멈춰 세운 까
닭이다

참된 스라소니

종족은 궤멸 직전
인두겁 쓰고 비밀의 문장들을 냄새 맡다가
흉물이거나 천치가 되었구나

별들의 이동과 땅의 진동을 헤아리던 귀 끝 더듬이를 칼
날삼아
약하고 여린 것들의 살과 피가 내가 먹어야 할 슬픔

다른 것의 피를 봐야 내가 나임을 알 수 있으니
나는 맞아 죽어 마땅할 인간의 적

구슬픔도 칼침이 되고
고독은 함정과도 같아
내 사랑은 늘 아픔을 웃음으로 울 수밖에 없는 또다른 허
물이 되었다

누구도 죽이려 하지 않으면 내가 죽으니
죽음의 숲을 떠난 나는 도시에서 낮마다 비루하다

밤빛의 찬란함만이 오로지 내 목소릴 노래로 듣는다
밤 한가운데서 스스로 어둠을 껴안은 전파만이
내가 감득하는 유일한 사람의 말

밤이 뚜벅뚜벅 모든 것의 직전에 닿았다
사람들이 쏘아올린 등빛은 쓸쓸함보다 적의를 뿜낸다

울고 있는가, 당신은
귓속 동굴 속에서 아직도 별에 놀랄 수 있는 사람은
속곳 속 푸르른 숲을 보라

그 숲으로 들어가 나는 영원히 잠자는 종족의 마지막 화
석이 될 터,

슬퍼도 울지 않는 피는
별빛의 무덤을 적셔
은하의 물굽이를 지상의 강이 되어 춤추게 한다

메두사의 뜨개질

지하철 플랫폼 의자에 앉아
산발한 머리칼로 뜨개질하는 여인을 본 적 있는가

다들 보이는데 본체만체 지나간다

입은 조물조물 움직이되 소리가 없고
손길은 날렵하되 매듭지어진 형체가 없으니
한 올 한 올 풀리는 머리칼이 가히 공기의 혈관 같아 보
였다

무슨 수(數)를 되뇌는가
어떤 보이지 않는 이름을 부르며 거기 입힐 시간을 꿰매
는가

한참 바라보자니
누가 그 앞에 우뚝 선다

몸매는 훤칠하되 발목 아래가 없고
인물은 단아하나 동공과 콧구멍이 허옇게 꿰매져 있는 그를

오직 나만 본 걸 수도 있다

지하철이 빠르게 들어온다

손끝이 따끔하고 눈이 침침하다
잔뜩 길어진 머리칼을 등짐인 양 짊어지고 의자에서 일
어났다

내가 앉아 있던 자리에
모든 숨구멍 틀어막고 헌옷을 벗어던진 시체가 드러누
워 있다

창밖은 어둠뿐이나
여인이 여직 밝게 유리에 붙어 다 꿰맨 옷을 흔들어 보
인다

짊어진 머리칼을 풀어 창가에 걸었다
양쪽 견갑골 부위 솔기가 아직 덜 여며져 있었다

웃지 않을 수 없었다
하늘이 땅 밑에 갇혀 다시 바다가 된다는 걸 새삼 알았기
때문이다

모슬

상처라는 것은 자신이 생명의 근원으로 돌아가지
못하게 되는 것을 의미합니다. 신과 우리들
사이가 가로막혀 있는 것을 상처라고 하는 거죠.
　　　　　　　　　　　　—기나 쇼키치

호랑이는 달콤한 바다의 이슬
정밀한 속살이 궁금한 바다
쇠를 갈아 별을 띄우고
물밑으론 더 큰 별 숨겨
흰 이빨로 성큼성큼 땅끝을 물어뜯게 하라
비가 내리면
미리 하늘로 간 별들의 취한 비말인 줄 알고
눈 내리면
포말들이 허공에 그은 상처의 꽃잎인 줄 알아라
울음 참는 땅은
천둥의 괴저(壞疽)를 들추고
소스라친 바람이
사람의 얼굴을 뒤집어써
열 개로 만 개로 나뉜 억장을 다시 세우니
물결이 또렷한 수직이다
파도의 긴 꼬리가
하늘의 이마에 북소리로 번지면
숨죽인 고래 등에 올라타

바다에서 죽은 육지 아이들이
멍울멍울 이듬해 이른 꽃으로 핀다
겨울이 노랗고
땡볕이 시퍼런 칼날이다
빛을 야금야금 썰어
흰모래로 흩뿌려뜨린
그 먼 바다의 평야를 아직 못 가봤다
가보지 않았으되
도시 한복판 구름정원에서
그 북소리 따라 춤추는 까닭은
이미 내가
더 잘게 쪼개진
그곳의 한 톨 모래일 터,
모슬모슬
내생의 한 창턱에서
이생의 창 안 내려보며
나는 지금 모슬모슬 못박혀 울음 춤춘다
빛이 모슬하다
어둠이 거기 모슬한 점으로
이 몸에 북극 자리를 뗀다
뜨거운 볕 아래 나는 지금
모슬모슬 살 떤다
여전히 궁금한 모슬,

다 가지 못해 끝내 하늘 끝을 베어물
낯설디낯설고
날서디날선 모슬이여

그림자의 견습(見習), 혹은 독신(瀆神)의 뿌리

세상의 모든 그림은 말소리와 침묵의 충돌
귓바퀴에서 맴돌던 저음의 그림자가 눈 밖으로 튀어나와
새하얀 평면에 떠도는 형체들을 아로새긴
망령의 윤곽들이다

그 사실을 어찌 알았거나 증명할 수 있는지 묻는 이가 있
었다 무슨 말을 해도 믿을 수 없는 자였으나, 그 말만은 어
느 폐가가 된 교회에서 빠져나온 개의 혓바닥처럼 새빨갰다
썩은 건자재 틈에 숨은 쥐라도 잡아 물려줄까, 날개 다친 새
의 몸통을 찬송가 후렴처럼 도려내 귀밑에 걸어줄까, 아는
사람인 건 분명하나, 내가 그를 안다는 사실을 믿을 수 없었
으므로 구름 뒤편에서 속삭이는 해의 가시를 발라내 내 심
장을 그어보려는 충동을 느꼈다

무너진 교회의 골격이 누가 내려오다 사망한 사다리 같
아 보였다 시체조차 찾을 수 없는 사다리 아래 고양이들이
서로의 목덜미를 핥으며 싸우고 있었다 사랑하기에 싸우
는 것인지, 싸웠기에 더없이 상냥하게 서로를 먹이삼는 것
인지 알 수 없었다 고양이들은 사람의 말을 하고 있었으나,
고양이 눈 속에서 치마를 갈아입고 있는 나를 내가 알아볼
순 없었다

눈이 사각으로 변하는 건 그때였다 오래전 본 영화의 한

장면이 네모 프레임 그대로 내 눈이 되고, 그 안에서 움직이는 사람과 사물들이 사각의 관 속에 누운 내 모습을 비췄다 나는 새로 집을 지으려 넓게 파인 웅덩이에서 네발로 기고 있었다 고개를 드니 누가 내 모습을 그리고 있었다

　　그림 속 사람이 움직이지 않으면 그림이라 할 수 없어
　　　　그림 속 사물이 스스로 형태를 바꾸지 않으면
　　　　　　죽지 않는 사람의 그림자일 뿐이야

　이것은 내가 판단한 것이나, 그걸 말하는 사람은 나를 그리고 있는 사람이었다 나는 원체 그를 믿지 않았으나, 믿음이라는 게 자신을 기만하고 옹색하게 만드는 허상이라는 것 또한 알기에 가만히 그의 말에 수긍한 채 네모 웅덩이 속에서 점점 자라나는 어떤 형상에만 눈길을 줬다

　오래전 술 취해 잠들었던 어느 작은 방이 떠올랐다 그곳에서 나는 한마디도 하지 않고 지냈다 말을 하면 무슨 죽창 같은 게 고드름처럼 코끝에 어른거리고 나는 사탕을 녹이듯 조용히 그 뾰족한 칼날을 몸속에 쑤셔넣었다 춤추는 내장들이 시야에 떠 역사에 기록되지 않은 어느 전쟁터의 피바람이 나를 죽이기도, 굳건하게 근육을 부풀리기도 히였다

　집을 옮기는 일은 시간의 사면 모서리를 꿰어 허공에 가

두어버리는 일이라고 그는 또 말했다 믿음조차 포기하니 실제로 살아 있지 않은 그가 십자가 목걸이를 걸고 뚜벅뚜벅 구름을 타고 걸어내려와 유일하게 믿을 수 있는 사람이 되었다 언젠가 두꺼운 책 속에서 읽었던 인물이었다 나는 당신을 믿지 않는다고 계속 뇌까렸으나 그럴수록 그가 내 사타구니를 움켜쥐며 지구의 진짜 모양에 대해 얘기했다 지구는 원체 찌그러진 별이고, 별이란 인간이 짊어질 수 있는 가장 큰 돌멩이이므로 모든 이의 몸속에서 병과 영생을 키우는 알 같은 거라 말했다 나는 필사적으로 저항했다 거대한 원 안에서 지팡이를 짚은 노인이 껄껄 웃으며 바다를 쪼개는 걸 그때 보았다

세상의 모든 그림은 누가 그려서 존재하는 게 아니라
이미 그려져 있었기에 그림을 그린다는 건 본래의 형태를
지워 모든 존재하는 것의 뼈다귀를 추리고
이미 죽은 해골의 웃음에 새로운 슬픔을 포개놓는 일이야

그는 계속 말하였다 듣기 싫어 소리를 질렀으나 내 목소리 속으로 달려드는 까마귀떼가 또다른 저음의 그림자로 가시숲을 이뤘다 정신 차려보니 검은 구름의 형태가 사람의 둘로 쪼개진 심장 모양이었다 반으로 갈라진 그 사이로 커다란 십자가가 하늘의 교차로처럼 유독 밝았다 해가 둥글고 땅이 넓적해 보이는 까닭을 언뜻 알 것 같았다 그 맨 아

래 끝에 놓여 있는 뿌리가 어떤 사람의 집이고 내가 이 환청
을 처음 들은 자리에 엉켜 있는 수천 년 전의 진흙더미였다
스스로 점토 덩이가 되어 나는 나를 다시 빚기 시작했다 죽
은 개와 고양이와 쥐 떼들이 신의 사역처럼 내 몸을 뜯어 새
로운 형상을 다진다

　살아선 보지 못한 내 골상의 원형이
　적도 아래가 찢긴 지구의 표본 같아 보인 건 그날 이후다

　지구의 어떤 달력도 그날을 표기하지 못한다
　바다의 어느 포말도 그 기억을 없애지 못한다

　태평양 어느 둥근 산호에서 쇳더미로 만든 인어가 발견
되었을 때, 그리하여 사람들이 곧 지구가 폭발할 거라 공포
에 떨 때, 몇만 미터의 물길을 거슬러 한반도 남쪽 어느 항
구에 해골 하나가 굴러왔다 텅 빈 어둠을 눈 속에 품고 있
었으나 온밤을 다 욱여넣은 듯 깊고 깊은 그 어둠의 중심에
서 은색으로 번득이는 물체가 점점 자라고 있었다 어떤 목
소리가 들렸다 사람의 말 같았으나 바위를 으깨고 난 뒤 둥
근 여음으로 사라지는 태풍의 휘파람처럼 들리기도 했다 수
십 년 전 바다에서 죽은 한 늙은 어부의 목소리 같다는 얘
기도 들렸다 나무뿌리를 먹고 자라는 무쇠인간에 대한 소문
은 그때부터였다

이가 다 빠진 자는 입안을 쇠사슬로 엮어
이전엔 먹을 수 없던 돌과 구리를 씹어먹게끔 하라
형체를 다 빚었거든 전기를 쏘아 바닷물이
불타 얼어붙게 하라
그 위로 걷는 자,
인간의 두뇌를 분해해 모든 말의 기둥을 녹이게 될 터이니

오늘이 그날인가, 아니 그날이 오늘의 그림자인가

무너졌던 교회가 서서히 일어선다 다시 벽돌을 껴입고 철
근을 끼워 거대한 철갑 매머드처럼 드센 소릴 내며 폐허 위
에 솟는다 나는 그곳으로 몸을 던진다

나는 이미 죽은 것이다
나는 다시 죽은 것이다

무쇠 십자가를 항문에 꽂은 채
별들의 먹이가 된 것이다

강정, 유령의 말을 타고 말의 유령을 추적하는 자

박정대(시인)

이것은 장미와 튤립과 민들레와 맨드라미에게 하는 말이다
이것은 지렁이와 지네와 전갈이 할 수 있는 유일한 말이다
—강정

우리가 몸담고 있는 이 세계에 대한
어쩔 수 없는 연민, 과격한 인용과 변용
—장드파

1.

『웃어라, 용!』에 덧붙이는 글(있어도, 없어도 그만일!)의
제목을 열 번 이상 바꿨다. 소심과 변덕 탓이겠으나 강정 시
인에 대하여 곰곰 생각할수록 점점 더 미궁에 빠져들 수밖
에 없었다. 감정의 괴물, 괴물의 강정.

누군가를 예찬하는 글은 나와 어울리지 않는다고 오랫동
안 생각해왔다. 그런데 이상하다. 강정에 관한 글을 쓰다보
니, 어떤 식으로 써도 자꾸만 강정 예찬이 된다. 이런 빌어
먹을! 이 세상에 과연 예찬할 만한 대상이 있던가? 비는 감
정의 편린처럼 밤새도록 내린다. 여기까지 쓰고, 글을 처음
부터 다시 읽어보니 이 글은 '과격한 인용과 변용'으로 이루
어진 허튼 말들일 뿐이다. 그러나 어쩌랴, 이미 나를 떠나
저 무한의 광야로 달려간 말들. 맨 마지막에 쓴 부분을 앞으
로 끌어올리며 글을 마무리하려 한다(이 글은 대부분, 쓰인

순서의 역순으로 배열되었다). 그러니까 이것은 시작도 끝도 없는 말, 무엇인가에 대해 말을 하지만 결국은 아무 말도 하지 않는, 구름 문장으로 이루어진 바람의 책.

　프랑스에 시인 아르튀르 랭보가 있다면, 한국에는 시인 강정이 있소. 이 시집에 묶인 서른세 편의 시는 겉보기에는 무척이나 추상적 느낌을 주지만 한결같이 어떤 세계관을 드러내고 있소. '나는 영혼이 존재하는 것처럼, 외부 세계가 존재한다고 믿는 사람이오'라고 콧수염의 제왕 장드파는 말했는데 이때 그가 내세운 것이 바로 그 세계관이오. 이『나전 칠보집(Émaux et Camées)이라 불리는 여진의 용맹과 긍지』의 저자는 함타이치, 리산, 강정, 옥, 샤를 보들레르, 로트레아몽, 말라르메, 발레리, 르네 샤르 등 결단코 외향적이고 단순하고 태양적이며 눈부시게 밝아지고자 하는 오랑캐 시인들에 속한다는 점에 유의할 필요가 있소. 이 시집에서는 시간보다 공간이 더 중요하오(아니 시간도 중요하오). 눈이 왕이오(마음은 왕비요). 눈은 마음보다 중요하오(아니 마음도 중요하오). 미묘한 심리학이나 축축한 내면생활 같은 것은 알 바가 아니오(아니 그런 것들도 중요하오). 존재와 사물의 아름다움과 이상함, 묘한 생김새나 맛은 행복하고도 만족을 모르는 사냥꾼에게 충분한 보람과 보상을 가져다주오. 인간의 근원적인 열정은 다름 아닌 호기심이오. 아담과 이브에게 지혜의 열매를 따먹게 시킨 것도 바로 그 호기심이니까 말이오. 호기심은 곧 발견하고 보고 알려는 욕구, 예찬하고자 하는 욕구, 그리고 저항하며 떠도는 말들의 궁극적 그림자를 추적하려는 욕구요.

예찬보다 더 좋은 것은 없소. 어떤 아름다운 음악가, 한 마리 우아한 말, 어떤 장엄한 풍경, 심지어 지옥처럼 웅장한 공포 앞에서 완전히 손들어버리는 것, 그것이 바로 삶에 의미를 부여하는 것이오. 예찬할 줄 모르는 사람은 비참한 사람이오. 그와는 결코 친구가 될 수 없소. 우정은 함께 예찬하는 가운데서만 생겨나는 것이기 때문이오. 우리들의 한계, 모자람, 왜소함은 눈앞으로 밀어닥치는 숭고함 속에서 치유될 수 있소. 잉마르 베리만이 말했듯이 요한 세바스찬 바흐는 신에 대한 우리의 불경을 위로해주오. 아니 이렇게 덧붙여도 좋겠소. 우리의 하찮음은 시를 읽는 가운데 사라지고, 우리의 외설스러움은 시를 읽는 동안 성스러운 사랑으로 변모하오. 그리고 이 세계의 변방을 떠도는 예술의 고아들(사실은 그들이 이 세계의 중심이오)의 몇몇 작품들과 폴 발레리의 『노트』는 우리의 어리석음을 빛나는 지성으로 바꿔놓소.

이 시집은 그래서 이 세계의 무궁무진한 풍요로움을 예찬하고 허공을 떠도는 말들의 그림자를 추적하오. 네발짐승의 걸음걸이, 무릎의 근본적인 가치, 썰물로 드러나는 모래톱의 비밀들, 고슴도치들의 야간 산책, 서로 미워하

고 또 뿌리깊게 사랑하는 나무들, 시를 찾아가는 동방박
사, 시를 나눠주는 산타클로스, 양아치 탐정이며 성자인
파올로 그로쏘, 막달레나 마리아 같은 수호자들, 그리고
미디어에 희생당하기 이전의 저 숱한 남녀들, 끝으로 지
금 강 저편에 가 있는, 그래서 정답게 우리를 부르는 친구
들. 이 시집은 그런 것을 알뜰하게 담고 있소.

　　　　　　　—박정대, 「『웃어라, 용!』에 덧붙이는 글」*

2.

　　　　　　　　이제부터 너의 이름은 죄디(목요일)란다.
　　　　　　　　그건 하늘의 신인 주피터의 날이지.
　　　　　　　　그건 또 어린아이들의 일요일이기도 하단다.
　　　　　　　　　　　　　　—미셸 투르니에**

금요일 저녁이면 우리는 세상의 끝에서 만난다. 세상 끝
탁자에 앉아 술을 마시고 담배를 피우며 킬킬댄다. 예술가
를 대하는 세상의 차가운 인심과 천박함에 대해 우리만의
아름다운 퍽큐를 날린다. 손가락 끝과 입술에서 피어오른

---

　* 미셸 투르니에, 「예찬」(『예찬』, 김화영 옮김, 현대문학, 2000)
의 변용.
　** 미셸 투르니에, 『방드르디, 태평양의 끝』, 김화영 옮김, 민음사,
2003, 319쪽.

회의와 한탄, 찬탄은 자욱한 안개가 되어 허공을 떠돌다 이내 다시 우리에게로 되돌아온다. 그래도 우리는 여전히 세상 끝, 안개의 의자에 앉아, 안개의 탁자 위에 놓인, 안개의 술을 마신다. 여전히 아름답지 않은 세상을 향해, 여전히 푸르고 아름다운 담배 연기를 봉화처럼 피워올리는 방드르디 지역의 올빼미 당원들, 일명 예술의 고아들이 금요일 밤마다 벌이는 해프닝이다. 금요일 저녁이면 이 세상의 모든 예술가는 세상의 끝에 있다. 아니 스스로 세상의 끝이 된다. 그러나, 그럼에도 불구하고, 어떤 예술가의 존재는 그 '있음'만으로도 또다른 세계의 시작이 된다.

> 의자는 여전히 의자 아닌 비애의 각도이다
>
> ―「빈 의자」부분

세상을 향해 놓인 강정의 의자는 빈 의자이다. 아니 강정이 추구하는 예술이, 강정 자체가 어쩌면 빈 의자일 것이다. 귀스타브 랑송은 오노레 드 발자크에 대해 이렇게 말한다. "오노레 드 발자크는 1799년 투르에서, 랑그독 출신의 아버지와 파리 출신의 어머니 사이에서 태어났다. 그의 양친은 그에게 소송 절차의 일에 종사케 하고(그는 소송 대리인의 서기였다), 그를 공증인으로 만들고자 하고 있었다. 이 젊은이는 문학에서의 출세를 시험해보기 위해 부모들로부터 몇 해의 말미를 억지로 얻어내어, 맹렬히 일하기 시작했다.

그러나 자기의 작가 활동에 필요하다고 생각하는 조그만 경제적 여유를 더 빨리 얻기 위해 기도한 상공업의 여러 가지 시도들은, 전혀 반대로 그에게 무거운 빚을 지우는 결과가 되어버렸으며, 설상가상으로 그의 사치의 버릇이 이 빚을 끊임없이 가중시켰다. '1828년에 나는 살아가면서 12만 5천 프랑의 빚을 갚기 위해 내 펜밖에 없었다'라고 그는 쓰고 있다. 생활비를 벌고 그 빚쟁이들에게 빚을 갚기 위해, 그는 『인간 희극』을 기도하고, 지독한 일과를 지키기 시작한다. 즉 커피를 마냥 마시고서 창작열을 유지하는 열광적인 시기에는, 매일 14시간의 집필, 신체를 혹사하여 고장이 날 우려가 있을 때는 최소한 9시간, 평균하여 12시간이라는 노동이었다. '12시간 동안 흰 종이 위에 검은 글씨를 마냥 갈겨놓는 거야, 누이동생. 이렇게 한 달을 생활하고 나면 꽤 많은 일이 이루어지거든'이라고 그는 편지에 쓰고 있다. 보통 그는 '저녁밥을 주둥이에 처넣고' 여섯시에 잤다가, 자정에 일어나, 커피를 마시고 정오까지 일한다. 이렇게 이 시대의 가장 강력한 작품들 중의 하나가 20년이 걸려서 만들어진 것이다."* 다 헛소리다. 눈앞에 벌어진 현실적 사태로 예술가의 내면을 어찌 설명하랴. 발자크는 그 어떤 설명 이전에, 이미 하나의 상징적 발작이었다. 생의 발작. 강정 또한 그렇다.

---

* G. 랑송 · P. 튀프로, 『랑송 불문학사 下』, 정기수 옮김, 을유문화사, 2003, 121~122쪽.

생의 발작이 시작되는 곳에서 우리는 만났다. 아니 우리가 만나는 곳에서 생의 발작이 시작되었는지도 모른다. 시작도 끝도 없는 곳에서 우리는 여전히 만난다, 생을 발작하기 위해.

최근 서울에 있는 'ㄱㅅㅇ(과수원)'이라는 곳에서 '강정 단독 콘서트'가 열렸다. 나는 강원도 정선에 있던 터라 '강정 단독 콘서트'에 참석하지 못할 것 같아 다음과 같은 시를 썼으나, 끝내 참석했다. 'ㄱㅅㅇ'을 나는 왜 '가슴 아프게'의 약자로 읽었는지. 그날 공연은 가슴 아프게(?) 좋았다. 강정은 시를 노래하는 자, 노래로 시를 쓰는 자, 한마디로 요즘 보기 드문 음유시인.

쿵, 펭, 청, 밍, 자는 내 벗의 이름이라, 신의주와 산둥을 거쳐 사마르칸트와 이스탄불을 지나 달빛 전구 반짝이는 이곳까지 왔으나 역병이 창궐하여 공연은 취소되고 달빛 아래 상연하던 그림자극마저 취소됐으니, 불취불귀(不醉不歸)라

취하지 않으면 돌아갈 수 없게 되었노라

댄스의 발자취를 기록히는 것은 무용(useless)의 본질이라, 질(姪)은 조카이니 아는 이의 공연을 조카의 일처럼 도우려 했으나 조카가 할 일은 조카가 하는 게 맞고 조커

의 일은 조커가 하는 게 맞느니, 나는 공연에 참석하지 못
하겠노라 통보하는 게 최선의 방책이었으나 뭐 그런 통보
는 보통의 일이라 미루어두노라

　날씨가 갸륵하게 쌀쌀해졌으므로 「1023년 리스본 무용
총서」에 한 줄로 짧게 기록해두노라
　　　　　　　　—박정대, 「1023년 리스본 무용총서」 전문

"이것은 장미와 튤립과 민들레와 맨드라미에게 하는 말이
다/ 이것은 지렁이와 지네와 전갈이 할 수 있는 유일한 말
이다"(「별들아, 용용 살아라」)라는 강정의 말을 굳이 들먹
이지 않더라도 이 글은 강정을 온전히 전달할 수 없다. 내
가 아는 강정의 이미지 몇 개를 전달할 뿐이다. 이 글을 쓰
려고 책상에 앉으니 수천 개의 강정이 머리를 스치며 지나
가는데 그 어떤 것도 강정이라 말하기 어렵다. 쳇 베이커를
들으며 이 글을 쓰고 있다. 요즘 글을 쓸 때는 습관처럼 쳇
베이커를 듣는다. 차분하게 글을 쓸 때는 쳇 베이커가 딱이
다. 만약에 내가 나중에 읍내에 빵집을 차린다면 빵집 이름
은 무조건 '쳇 베이커리'다. 쳇, 하나도 웃기지 않는다. 강
정은 이런 썰렁한 농담에도 가끔 웃어준다. 다른 사람들은
일절 웃지 않는 것을 보면 (내 기준으로 볼 때) 강정은 인간
적이고 예의바르며 고품격의 유머를 이해할 줄 아는 몇 안
되는 인간이다.

저녁은 태양이 제 살을 태우는 게 아니라
제 몸의 불을 놓친 물방울들이 꾸는 꿈
　　　　　　　　　—「별들아, 용용 살아라」 부분

3.

　　　　　　　　　　　아! 이 모든 차단

　　　　　　　　　　　　　방탕
　　　　　　　　　　　　　방탕
　　　　　　—앙리 미쇼, 「나타남—사라짐」*

(예술의 고아들을 위해서라면)
나는 위조지폐라도 찍어낼 테다
　　　　　—박정대, 「푸쿠(Fuku)」**

　바람이 불 때마다 파르르 떨리는 자작나무 껍질은 마치 종
이로 만든 연약한 깃발 같다. 마냥 연약해 보여도 그 상태로

---

　* 앙리 미쇼, 『물결』, 김은주 옮김, 태학당, 1995.
　** 예브게니 예프뚜셴꼬, 「나는 위조지폐라도 찍어낼 테다」(『나는
위조지폐라도 찍어낼 테다』, 윤희기 옮김, 열린책들, 1989)의 변용.
'푸쿠(Fuku)'는 이 시의 원제다.

자작나무 껍질은 몇 달을 펄럭인다. 그것은 무한의 시간이다. 저 얇고 가냘픈 수피에 시를 쓴 적이 있다, 굳건하고 아름다운 시. 햇살이 환하게 내려와 세상의 모든 예술가들은 슬프다. 이유는 묻지 마라. 세상의 예술가들은 슬프도록 태어난 족속. 깃대도 아니 달고 삿대도 없이 허공을 횡단하는 존재. 하물며 예술의 고아들이야 말해 무엇하랴. 온몸이 깃발인, 온 마음이 허공인 창백한 낮달의 부족(部族)이 지구의 자전 위에 살포시 놓여 있다. 우리도 저 깃발처럼 나부낄 때가 있었다. 우리는 감정의 무한 속에서 깃발처럼 나부끼다 본질적 고독에 의해 화르르 점화되는, 순식간에 타버리는 한 점 불꽃이었는지도 모른다. 강정이 시에서 감정을 드러내는 방식도 이렇다. 일종의 침묵과 통곡의 아이러니다. 침묵은 통곡을, 통곡은 침묵을 내장하고 있다. 간단한 호명으로도, 허공과 지층을 흐르던 시의 수맥들은 강정 시의 황금 잔 속으로 방향을 바꾼다. 한 방울의 물에 바다를 가둬버리고, 그 바다를 하늘로 떠워올려 허공에 떠 있는 바다에서 자신이 원하는 형상의 용을 불러낸다. 아주 용맹하고 세련된 시인의 마스터피스, 그게 강정의 시이다.

괴롭다면 눈물 흘리고
아프다면 피 흘릴 것이고
더 아프다면 술에 취할 것이다
　　　　　　　　　　　　―「액상 피아노」 부분

죽은 짐승을 삼킨 나무들이 걸어다닌다
꽃은 그들의 이빨,

잇새에 멍울진 어느 산 짐승의 눈빛

오월에 퍼붓는 눈이 그렇게 빨갛다
　　　　　　　　　　　　　—「기생수(寄生樹)」부분

눈물이 서걱서걱 내 마음을 베는 건
너를 위해 물 담아둘 마음의 쌍봉이 아직 내 심장에서
잠자기 때문,
눈을 가만 바라보는데 그 눈이 네 안을 향하는 건
네가 펼친 마지막 종이에 어울리는 펜이 아직 없기 때문,
　　—「네 눈물은 너무 광대하여 대신 울 수 없다」부분

　이번 시집에 수록된 서른세 편의 시는 이전의 강정 시와
는 동일성과 변별성을 동시에 가지고 있다. 동일성이란 강
정 특유의 표현 방식이 그대로 살아 있다는 것이고 변별성
이란 그의 시('시'라는 추상덩어리에 공간성과 실물적 감정
의 온도를 대입하자면)가 좀더 넓어지고, 깊어지고, 따스해
졌다는 것이다. 강정의 시를 시시콜콜 분석하고 설명하는
건 의미가 없으리라(누군가에겐 의미가 있겠지만 나에겐 그

럴 능력도, 마음도 없다). 강정의 시에 접근하는 방법의 하나로 나는 차라리 앙리 미쇼의 시「나타남—사라짐」이나 예브게니 옙투셴코의 장시「나는 위조지폐라도 찍어낼 테다」를 읽기를 권한다. 사물을 내면화하는 과정에서 일어나는 내면 투쟁의 기록인 미쇼의 시와 자신의 내면을 외부 상황에 투사하여 확장시키는 감정 혁명의 기록으로서의 옙투셴코의 시. 강정의 시는 두 세계의 어느 지점에도 머무르지 않는다. 외려 그의 시는, 사물의 내외부를 오가는 시인의 시선과 감정이 '시작(詩作)'이라는 필터링 과정을 거치며 남겨놓은 언어의 신선한 알곡들로 이루어져 있다. 이러한 언어 탐구의 결과는 당연히 의미 확장으로까지 이어진다. 그동안 강정이 쓴 뛰어난 산문 때문인지 흔히 강정을 의미에 치중하는 시인으로 보는 경향이 있는데 내 생각은 다르다. 그는 철저한 언어 탐구자이다. 그는 허공을 떠도는 말들을 추적하고 그 말들과 '말들의 그림자'의 인과관계까지 천착하여 시가 될 원석의 언어를 발굴한다. 그리고 여타의 시들과는 다른 접근, 다른 발굴, 다른 세공을 거친다. 아무도 따라 할 수 없는 '강정의 시'가 탄생하는 지점이다. 당연한 말이겠지만, '강정의 시'는 강정만이 쓸 수 있다. 그런 의미에서 강정은 한국 시사에서 가장 독특한 개성을 지닌 시인 중 한 명이다. 그러니 열렬한 언어 탐구의 결과물로서의 시에 강력한 의미 확장이 뒤따르는 것은 당연한 일일 것이다. 강정 시의 열렬한 애독자인 나로서는 이번 시집에서,「웃어라, 용!」「참된

스라소니」「기도의 정체―A. 타르콥스키 송시 1」 같은 시들이
좋았다. 하지만 그 이유를 설명할 재간이 나에겐 없다. 다시
시의 전문을 인용해두니, 그대들도 읽어보시라.

별에 대한 이야기를 나누던 낮이었다
흐렸다가 개었다가
구름들은
해의 빙점에서 수시로 모양을 바꾸는 하늘의 비늘이었다

도처에서 땅속 바다가 꿈틀대는 소리
파도 이랑들이 낮은 걸음을 춤으로 일렁이게 하고

죽어가는 자들이 아직 살아 있다는 헛소문과
하늘의 눈빛과 땅의 호흡이 자꾸 엇박을 내는 동안
어디선가 기차가 탈선을 하고
자동차들이 자꾸 뒷걸음질쳤다

눈앞에 선명하던 건물들 줄줄이 무너지고
그 자리에 큰 바다가 토악질해낸 물거품들이 사람 꼴
로 걸어다녔다

죽은 자들이 다시 내려와 이 땅을 휘저으면
평평한 벌판이 다시 구릉이 되고

그 아랜 어느 구도자를 사랑했던 여인이 큰 눈 번득이며
곧 닥칠 전쟁을 막거나
더 큰 전쟁의 총안으로 빛난다

낮달 뒤에 검붉은 그림자 어리고
큰비가 내렸다

도시 한복판까지 밀려온 바다는
땅끝을 입에 문 채 웃고 있는 용의 형상이었다

어쩌다가
어찌해도
더 붙들거나 밀어내지도 않을
사랑과 죽음이 거대한 물질이 되는 최초의 형태를 보
고 만 것이다

　　　　　　　　　　　　　—「웃어라, 용!」 전문

종족은 궤멸 직전
인두겁 쓰고 비밀의 문장들을 냄새 맡다가
흉물이거나 천치가 되었구나

별들의 이동과 땅의 진동을 헤아리던 귀 끝 더듬이를
칼날삼아

약하고 여린 것들의 살과 피가 내가 먹어야 할 슬픔

다른 것의 피를 봐야 내가 나임을 알 수 있으니
나는 맞아 죽어 마땅할 인간의 적

구슬픔도 칼침이 되고
고독은 함정과도 같아
내 사랑은 늘 아픔을 웃음으로 울 수밖에 없는 또다른
허물이 되었다

누구도 죽이려 하지 않으면 내가 죽으니
죽음의 숲을 떠난 나는 도시에서 낮마다 비루하다

밤빛의 찬란함만이 오로지 내 목소릴 노래로 듣는다
밤 한가운데서 스스로 어둠을 껴안은 전파만이
내가 감득하는 유일한 사람의 말

밤이 뚜벅뚜벅 모든 것의 직전에 닿았다
사람들이 쏘아올린 등빛은 쓸쓸함보다 적의를 뿜낸다

울고 있는가, 당신은
귓속 동굴 속에서 아직도 별에 놀랄 수 있는 사람은
속곳 속 푸르른 숲을 보라

그 숲으로 들어가 나는 영원히 잠자는 종족의 마지막 화
석이 될 터,

  슬퍼도 울지 않는 피는
  별빛의 무덤을 적셔
  은하의 물굽이를 지상의 강이 되어 춤추게 한다
                                    —「참된 스라소니」 전문

  만약 기도가 존재한다면
  하늘을 잇새에 물고 울거나
  땅의 비늘을 제 몸 삼아 고요한 풍경으로 남는 일

  앵무새의 혀가 되어
  사람의 말을
  생물의 질서 안에 안개처럼 분해시키는 일

  또박또박 말을 따라 하던 아이가
  순식간에 어른이 되어
  오래 잃어버린 아이의 말을
  기억의 서랍 속에서 다시 꺼내 풍선처럼 띄워올리는 일

  어느 병든 노인이 문득,

자신의 젊을 적 사진을 보며
거울 앞인 양 흉내내면서
시간의 틈새를 메우는 일

불타 없어진 오래전 집이
어느 하루 비구름과 안개의 부름에 홀려
귀 멀고 손도 잘린 화가의 그림 속처럼
지구의 새로운 전망으로 나지막이 다시 세워지는 일

아프게 실연당한 누군가
가닿을 수 없는 먼 지평에서 잃어버린 자신의 마음을
되찾아
사랑의 배덕자에게
또다른 미소로 악마의 그림자를 지워내는 일

화면 속의 비가
창밖의 비가 되고
내 안의 비가 되어
온 세상의 리듬인 양 낮게 요동친다

고요하나,
하늘과 땅이 커다란 나무 한가운데서 만난 새가 되어
합창한다

살아 있다는 게 이미 죽음의 환영(歡迎)이자 환영(幻
影)임을 이렇게도 알게 되니,

오늘은 또 내가 다른 지구에 있게 되는구나
멀리 바라보던 어느 낯익은 별이 오래전부터 나의 집
이었구나
　　　　　　—「기도의 정체—A. 타르콥스키 송시 1」 전문

강정의 시는 제목을 보고 읽기 시작해도 시를 다 읽고 나
면 제목이 생각나지 않는 경우가 많았다. 왜일까 곰곰이 생
각했는데, 이제야 좀 알 것 같다. 섬세하고도 강력한 추상
성. 그의 시는 섬세하고도 강력한 추상성을 통해 우리가 아
직 가보지 못한, 다른 차원의 삶과 죽음에 대해, 존재와 사
물의 본질에 대해 말하고 있었던 것이다.

4.

　　　　　　　　　　　오, 나는 미친 듯 살고 싶다:
　　　　　　　　　　　모든 존재를—영원한 것으로,
　　　　　　　　　　　무개성을—인간적인 것으로,
　　　　　　　　　　　실현 불가능을—가능한 것으로!
　　　—알렉산드르 블로크, 「오, 나는 미친 듯 살고 싶다」*

나는 장님이 되어가는 사람의
하나 남은 눈처럼 고독하다!
—블라디미르 마야콥스키, 「나」**

다시 방드르디, 세상의 끝에 있는 금요일 저녁으로 돌아
가보자. 금요일 저녁이면 약속도 하지 않았는데 세상에서
가장 외로운 사람들(시인, 소설가, 음악가, 화가 등)이 홍
대 뮤직바 코케인으로 모여든다. 아마 2021년 1월 30일이었
을 것이다. 시인 함성호, 리산, 강정, 소설가 서준환, 나, 이
렇게들 모였다. 나는 그들을 오랑캐라고 부른다. 그들이 동
의하는지 모르지만, 그러거나 말거나, 나는 내 영혼의 동지
들을 오랑캐라 부른다. 이날 오지 못한 신동옥 시인, 엄경
희 평론가도 역시 오랑캐다. 그날 밤 우리는 빅토르 최, 톰
웨이츠, 〈관산융마〉, 최건, 최헌 등을 들으며 맥락 없이 아
름다운 대화를 밤늦도록 나누었을 것이다. 그리고 함박눈이
쏟아지는 새벽녘 코케인을 나섰을 것이다.
　약속 같은 것도 없이 불현듯 오랑캐들이 모일 때면 강정
은 어느새 모임의 중심에 있다. 나이, 주량, 대화, 노래, 댄

* 알렉산드르 블로끄, 『오, 나는 미친 듯 살고 싶다』, 임채희 옮김,
열린책들, 1989.
** 블라디미르 마야꼬프스끼, 『나는 사랑한다』, 석영중 옮김, 열린
책들, 1993.

스, 분위기 조성 등에서 그렇다는 것이다. 그만큼 그는 경쾌
하면서도 동시에 진중하다. 태어날 때부터 '예술의 고아'였
으니 또다른 예술의 고아를 만날 때면 그는 완전히 무장해
제한다. 그러니 그를 만나는 다른 사람들도 완전히 무장해
제될 수밖에. 아니 예술의 고아들은 서로 만날 때 아예 무장
을 하지 않는다. 그날 찍은 동영상('코케인, 무한의 창가에
서'라는 제목을 붙였다)을 '이절국제영화제' 오프닝작으로
올리려 하는데 아직은 기회를 갖지 못했다. 대신 코케인에
서 오랑캐들이 밤새 뭘 하면서 노는지 알 수 있는 시 한 편
이 있으니 궁금하신 분은 읽어보시라(강정은 '파울로 그로
쏘'라는 이름으로 시에 등장한다. 오랑캐에 관심 없는 분은,
그냥 패스! 피스!).

    아픈 왼쪽 허리를 낡은 의자에 기대며 네 노래를 듣는
    좌파적 저녁

    기억하는지 톰, 그때 우리는 눈 내리는 북구의 밤 항구
    도시에서 술을 마셨지

    검은 밤의 틈으로 눈발이 쏟아져 피아노 건반 같던 도
    시의 뒷골목에서 톰, 너는 바람냄새 나는 차가운 목소리
    로 노래를 불렀지

집시들이 다 그 술집으로 몰려왔던가

네 목소리엔 집시의 피가 흘렀지, 오랜 세월 길 위를 떠돈 자의 바람 같은 목소리

북구의 밤은 깊고 추워 노래를 부르는 사람도 노래를 듣던 사람도 모두 부랑자 같았지만 아무렴 어때 우리는 아무것도 꿈꾸지 않아 모든 걸 꿈꿀 수 있는 자발적 은둔자였지

생의 바깥이라면 그 어디든 떠돌았지

시간의 문틈 사이로 보이던 또다른 생의 시간, 루이 아말렉은 심야의 축구 경기를 보며 소리를 질렀고 올리비에 뒤랑스는 술에 취해 하염없이 문밖을 쳐다보았지

삶이란 원래 그런 것 하염없이 쳐다보는 것 오지 않는 것들을 기다리며 노래나 부르는 것

부랑과 유랑의 차이는 무엇일까

삶과 생의 차이는 무엇일까

그때나 지금이나 우리는 여전히 모르지만 두고 온 시간
만은 추억의 선반 위에 고스란히 쌓여 있겠지

죽음이 매 순간 삶을 관통하던 그 거리에서 늦게라도 친
구들은 술집으로 모여들었지

양아치 탐정 파올로 그로쏘는 검은 코트 차림으로 왔고
콧수염의 제왕 장드파는 콧수염을 휘날리며 왔지

움직이는 모든 것들이 시였고 움직이지 않는 모든 것들
의 내면도 시였지

기억하는지 톰, 밤새 가벼운 생들처럼 눈발 하염없이
휘날리던 그날 밤 가장 서럽게 노래 불렀던 것이 너였다
는 것을

죽음이 관통하는 삶의 거리에서 그래도 우리는 죽은 자
를 추모하며 죽도록 술을 마셨지

밤새 눈이 내리고 거리의 추위도 눈발에 묻혀갈 즈음 파
올로의 작은 손전등 앞에 모인 우리가 밤새 찾으려 했던
것은 생의 어떤 실마리였을까

맥주 가게와 담배 가게를 다 지나면 아직 야근중인 공장 불빛이 빛나고 다락방에서는 여전히 꺼지지 않은 불빛 아래서 누군가 끙끙거리며 생의 선언문 초안을 작성하고 있었지

　누군가는 아프게 생을 밀고 가는데 우리는 하염없이 밤을 탕진해도 되는 걸까 생각을 하면 두려웠지 두려워서 추웠지 그래서 동이 틀 때까지 너의 노래를 따라 불렀지

　기억하는지 톰, 그때 내리던 눈발 여전히 내 방 창문을 적시며 아직도 내리는데 공장의 불빛은 꺼지고 다락방의 등잔불도 이제는 서서히 꺼져가는데 아무도 선언하지 않는 삶의 자유

　끓어오르는 자정의 혁명, 고양이들만 울고 있지

　그러니까 톰, 그때처럼 노래를 불러줘, 떼 지어 몰려오는 눈발 속에서도 앙칼지게 타오르는 불꽃의 노래를

　그러니까 톰, 지금은 아픈 왼쪽 허리를 낡은 의자에 기대며 네 노래를 듣는 좌파적 저녁
　　　　　—박정대, 「톰 웨이츠를 듣는 좌파적 저녁」 전문*

강정과는 참 많은 추억을 공유하지만 이 글에서는 굳이 말하지 않으려다. 그런 것들은 말하는 순간 훼손되기 때문이다. 파트릭 모디아노가 말년에 자신의 추억을 파먹고(?) 살듯이 나도 나중에 좀더 나이들면 회고조로 그런 아름다운 기억들을 소환할지 모른다. 그러나 아직은 그럴 생각이 없다. 다만, 강정의 집에서 그의 오마니(강정은 자신의 모친을 '오마니'라 부른다)가 보내주신 곰탕에 파를 썰어 넣고 함께 끓여먹던 기억, 따스한 봄날 야유회 가듯 리산, 강정과 함께 오랑캐 막내 옥의 집을 찾아가던 기억들은 여전히 머릿속에 인화된 한 장의 밝은 사진처럼 남아 있다.

*

· 파올로 그로쏘 강정,
〈방드르디, 세상의 끝 코케인에서의 오랑캐들의 발랄한 인사〉

---

* 박정대, 『체 게바라 만세』, 달아실, 2023.

115

나는 게 아니라 걷는 것이다
우는 게 아니라 바라보는 것이다

그러니까 이것은 소멸을 위한 혈관의 배치 같은 것

수평을 꿰맨 광선의 그림자가 음악으로 울릴 때
선은 땅과 하늘을 잇는 밧줄이 된다

소리를 엮은 자가 뒤돌아설 때 비로소 열리는 공중의
파도

긴긴밤 달은 노 저어 태양의 핏줄에 정박한다
                         ─「출렁이는 오선(五線)」 부분

"조립된 말의 설계도를 다시 짜는 일 아니라면 시인은 입
다물라."
'시인의 말'에서 강정은 이렇게 말한다. 옳다, 히이힝!

강정 시집의 발문을 쓰고 있다. 물론 시는 하나도 읽지 않
고 쓴다. 꼼꼼하게 시를 읽고 쓰는 건(물론 대충 훑어봤다)
애정하는 시인에 대한 예의가 아니다. 요즘 우울한 일만 많
은 나는 『웃어라, 용!』의 발문을 코믹 버전으로 쓰기로 했

다. 내가 알기론 강정도 자신의 어느 책(아마『루트와 코드』
였을 것이다)에선가, 한때 꿈이 개그맨이 되는 것이라고 적
은 바 있다. 물론 반어적 표현이었겠지만.

웃기는 글이라니! 망연자실. 실망한 강정의 표정이 눈에
선하다. 그래도『웃어라, 용!』. 어느 영화에선가 '매너가 사
람을 만든다'라고 했던가? 그러나 나는 선의의 무례로 예
술가를 살리고, 인류에 대한 자발적 연민과 무지로 예술을
완성하겠다. 삼십삼 세에 예수 그리스도는 십자가에 못박
혀 죽었지만, 서른세 편의 시는 인류 따위(?)에게 죽을 일
없으니, 다만 태어난 그 모습 그대로 아름답게 존재하리라.

강정을 몇 마디 말로 규정하는 것은 쉽지 않은 일이다. 그
것은 그의 시에도 똑같이 적용될 터. 개인적으로 그를 알고
지낸 지도 이십여 년이 훨씬 넘었으니 그에 대해 알 만한
데 나는 아직도 여전히 그를 잘 모른다. 강정의 시는 너무
나 광활하고 섬세하여 독자의 섣부른 접근과 몰입을 원천
봉쇄하고 있다. 그의 시는 그를 가둔 봉쇄수도원이며, 동시
에 끝없는 확장성으로 광대무변의 우주에 닿아 있다. 강정
스럽고 강정답다. 코믹 버전으로 쓰려던 계획을 일부 수정
해야겠다. 집시에 관한 다큐멘터리를 보고 있다. 어쩌면 강
정의 시도 우주를 떠도는 집시, 우주를 떠도는 고아, 우주
를 떠도는 소립자들의 이합집산에 관한 것일지도 모른다.
나처럼 '예술의 고아'를 탐색해온 사람에게는 스케일 자체
가 거대하다.

일주일 전쯤 출판사로부터 『웃어라, 용!』 원고를 받았다 (5월 출간 예정, 시집 발문 청탁, 원고 분량 오십 매 내외). 대충 편수를 세어보니 서른세 편이다(아직 작품을 읽어보지는 못했다). 문득 백석이며, 이용악이며, 정지용 같은 옛 시인들의 시집이 떠올랐다. 옛 시집들은 한 권 분량이 스무 편에서 서른 편 남짓이었다. 그런데 언제부터인가 기본적으로 육십 편을 넘어가기 시작한 것 같다.

우리나라 시집이 두꺼워지는 데 나도 일조했지만(난 워낙 시를 길게 쓰는 터라 시집이 두꺼워질 수밖에 없지만 내가 낸 대부분의 시집은 마흔네 편 안팎이다. 미안하다 나무들아, 제조원가들아!) 내가 생각하는 가장 이상적인 시집은 타자기로 친(혹은 직접 손으로 쓴) 열 편 정도의 시를 복사해서 스테이플러로 콱 찍은 다음 지인들에게 돌리는 것.

근데 발문을 어떻게 쓰지? 발로 써야 하나? 수염에 먹물을 찍어 온몸으로 써야 하나? 아직은 잘 모르겠지만 한 가지는 안다. 대상에 대한 애정은 좋은 글로 나온다는 것.

아무튼, 이 흉흉한 시절에도 시를 써내는 예술가 동지들에게 축복 있으라!

*

촛불을 들고 하늘을 걸어다니는 자

거울 속으로 들어가 머나먼 혹성에 새로운 제국을 건

설하는 자

　　　　　　—「불타는 배우—A. 타르콥스키 송시 2」 부분

나는 (어설픈) 정의에 대항했다.

　　　　　　—오랑캐 이 강, 「지옥에서 보낸 한철」*

대중의 취향에 따귀를 때리라던 블라디미르 마야콥스키의 말은 옳다

대중들은 자꾸만 그들의 눈높이로 예술가를 끌어내리려 하고

예술가들은 자꾸만 그들의 눈높이로 대중을 끌어올리려 한다

그러니 이 땅의 가난한 예술가들이여,

굴종과 타협을 하나의 미덕으로 제시하는 자본주의의 교묘한 시스템에 퍽큐를 날려라

문화 권력과 사회 기득권자들은 온화하고 부드러운 미소로 그대를 환영한다

그대를 자신들의 방법으로 길들일 수 있다고 생각하기 때문이다

끝까지 저항하고 반항하라, 그대가 속해 있는 이 세계는

---

* 아르튀르 랭보, 「지옥에서 보낸 한철」(『지옥에서 보낸 한철』, 김현 옮김, 민음사, 1974)의 변용.

또하나의 허상이다
　　　—오랑캐 이 강, 『담배에 관한 짧고 아름다운
　　　　　　　　　　　　　　　　　　한 권의 책』부분

　삶은 스스로 꿈꾸는 한 편의 시, 사랑은 한때 열렬히 타
오르던 어떤 열망의 기록 같은 것, 이라는 생각을 했다. 홍
상수의 영화 〈누구의 딸도 아닌 해원〉을 보다가 문득 그런
생각을 한 것 같다. 아픈 몸을 조금씩 치유하고 있다. 좀더
건강해지면 친구들과 만나 한잔하고 싶다. 소설가 김도연
이 보내온 눈물나게 아름다운 목련을 보고 있다. 아름다
운 대상을 하염없이 쳐다보는 것, 삶이란 그런 것이다.
　누가 뭐래도 난 강정(강정 자체가 한 편의 시!)이 좋다.
그의 시가 좋고, 그의 맑은 눈빛과 장난기 가득한 목소리
가 좋다. 그의 표현에 의하면 '참 지랄 맞은 순정'이다. 정
아, 목요일(죄디)이든 금요일(방드르디)이든 조만간 코
케인에서 만나 회포나 풀자. 너무 급하게 쓴 탓에, 엉성한
발문을 시집 뒤에 붙이게 될 강정에게 한없이 미안한 마음
이 들어 그를 위로할(위로가 될진 모르겠다!) 사진 한 장
을 덧붙인다. 중앙아시아 천산산맥의 풍경이다. 아름다운
풍경은 사람을 배반하지 않는다. 정아, 언젠가 이런 곳에
서 고요하게 한잔하자. 그럼 이만 총총, 안녕.

강정 1992년『현대시세계』를 통해 등단했다. 시집으로『처형극장』『들려주려니 말이라 했지만,』『키스』『활』『귀신』『백치의 산수』『그리고 나는 눈먼 자가 되었다』『커다란 하양으로』가 있다. 시로여는세상작품상, 현대시작품상, 김현문학패 등을 수상했다.

문학동네시인선 211
웃어라, 용!
ⓒ 강정 2024

초판 인쇄 2024년 5월 13일
초판 발행 2024년 5월 20일

지은이 | 강정
책임편집 | 이재현
편집 | 김영수
디자인 | 수류산방(樹流山房) 본문 디자인 | 이주영
저작권 | 박지영 형소진 최은진 서연주 오서영
마케팅 | 정민호 서지화 한민아 이민경 안남영 왕지경 정경주 김수인 김혜원
　　　　김하연 김예진
브랜딩 | 함유지 함근아 고보미 박민재 김희숙 박다솔 조다현 정승민 배진성
제작 | 강신은 김동욱 이순호
제작처 | 영신사

펴낸곳 | (주)문학동네
펴낸이 | 김소영
출판등록 | 1993년 10월 22일 제2003-000045호
주소 | 10881 경기도 파주시 회동길 210
전자우편 | editor@munhak.com
대표전화 | 031) 955-8888 팩스 | 031) 955-8855
문의전화 | 031) 955-2696(마케팅), 031) 955-1920(편집)
문학동네카페 | http://cafe.naver.com/mhdn
인스타그램 | @munhakdongne 트위터 | @munhakdongne
북클럽문학동네 | http://bookclubmunhak.com

ISBN 979-11-416-0054-9 03810

* 이 책은 서울특별시, 서울문화재단 '2022년 창작집 발간 지원사업'의 지원을 받아 발간
되었습니다.
* 이 책의 판권은 지은이와 문학동네에 있습니다. 이 책 내용의 전부 또는 일부를 재사용
하려면 반드시 양측의 서면 동의를 받아야 합니다.

잘못된 책은 구입하신 서점에서 교환해드립니다.
기타 교환 문의: 031) 955-2661, 3580

www.munhak.com

문학동네